Clara Hermans

Der Lauter, der Leiser

Raymund meinen herzlichen Dank

Clara Hermans

Der Lauter, der Leiser

BoD

Bibliographische Information der Deutschen Nationalbibliothek: Die
Deutsche Nationalbibliothek verzeichnet diese Publikation in der Deutschen
Nationalbibliographie; detaillierte bibliographische Daten sind im Internet
über http://dnb.d-nb.de abrufbar.
© 2015 Clara Hermans
Herstellung und Verlag: Books on Demand GmbH, Norderstedt
Umschlaggestaltung mit Hilfe von scribus
Drucklayout mit Hilfe von LyX und LaTeX
ISBN 9783734783852

"Abschied, Trennung, Tod. Du bist einfach gegangen, Edgar, hast mich verlassen.

Zwei Jahrzehnte warst du mein Lebensgefährte. Ein letztes Mal mache ich mich auf den Weg nach Sankt Bartholomä, der kleinen Kapelle am Königssee zu Füßen des Watzmanns, wohin wir jedes Jahr an deinem Geburtstag gewallfahrtet sind – und gelobe dir Treue. Für jetzt und für immer."

Das war der Stand der Dinge, als der Lauter einige Wochen später im Nachmittags-Kino einen unendlich langweiligen Film über sich ergehen ließ. Wodurch unwillkürlich sein Interesse auf den neben ihm sitzenden Zuschauer gelenkt wurde. Bei Filmende ließ er seinem Nachbarn den Vortritt, ging ihm dann in achtsamem Abstand hinterher und stellte mit Genugtuung fest, der Unbekannte begab sich ins nahegelegene kleine Café. Er ging weitere hundert Schritte auf und ab, um ein paar Minuten verstreichen zu lassen. Dann betrat er unauffällig das Café. Richtig, da saß er – ein etwa gleichaltriger Mann, und mit "Erlauben Sie, ist der Platz noch frei?" ließ er sich an dem zierlichen Tisch nieder.

Sein Gegenüber trank Tee, er bestellte ebenfalls Tee – und eine Portion Marmorkuchen. Alsbald wurde der ihm zum Verhängnis. Schon beim ersten Bissen blieb ihm ein Krümel im Hals stecken, und es überfiel ihn ein Hustenanfall von solcher Gewalt, dass sein Gegenüber allen Ernstes zu fürchten begann, er kollabiere oder ersticke daran. Er klopfte dem Hustenden ohne Erfolg auf den Rücken, zog ihn schließlich vom Stuhl, schob, schubste ihn fast mit Gewalt zur Toilette, riss die Tür auf, dem Unseligen die Hose runter – und: "Husten Sie sich aus! Ich warte draußen!" – damit stieß er ihn auf den rettenden Sitz.

Es war vermutlich das Vernünftigste, was man mit dem schon halb Erstickten anstellen konnte. So, ganz für sich allein und hinter verschlossener Tür aller Publikumsneugier entzogen, ließ der Husten wunderbarerweise bald etwas nach und beruhigte sich dann vollends.

Nachdem der Lauter etwas Atem geschöpft hatte, erhob er sich, um seinem draußen vor der Türe wartenden Retter zu danken. Der aber war unauffindbar. Er hatte die Rechnung sowohl für seinen eigenen Verzehr wie für den des Fremden samt Trinkgeld beglichen.

Der Lauter flüchtete sich sofort wieder zurück in sein Asyl, tief gedemütigt

1

von seiner derzeitigen leiblichen Unansehnlichkeit: er sah sich benässt und beschmutzt. Der teuflische Husten hatte sämtliche muskulären Sperren gelöst, den bedauernswerten Lauter entmächtigt und seiner Erniedrigung preisgegeben.

So also saß der Lauter nun auf seinem Sitz hinter verschlossener Tür und schämte, schämte sich seiner derangierten Person.

Nach einiger Zeit ermannte er sich, stand auf, suchte und fand einen Notausgang.

Lange quälte ihn die bittere Erfahrung, wie man als zivilisierter Mensch – schuldlos! – vom einen Moment zum andern seine Würde verlieren, sich selbst physisch zum Ekel werden kann. Doch es sollte noch schlimmer kommen!

Eines schönen Sommertags, nachdem er bei einem Ausflug in einer Landgaststätte angenehm zu Mittag gespeist hatte, verirrte sich der Unglückliche, einem unschuldigen Bedürfnis folgend, ins "Damen". Dort baute sich plötzlich ein weibliches Busen-Hochgebirge vor ihm auf, dessen fleischlicher Übermacht er sich mit weit abwehrender Geste verzweifelt zu erwehren versuchte. Auf Armeslänge Distanz wahrend, löste er gerade dadurch die furchtbaren Wut- und Hilfeschreie der sich attackiert wähnenden Dame aus.

Man legte den Lauter nicht gerade in Ketten, doch bestand die Dame unerbittlich darauf, die Polizei einzuschalten, um ihn, ausreichend protokolliert, wegen versuchter Vergewaltigung später anzuzeigen. Warum sonst hätte er sich in die Damen-Toilette geschlichen? Doch nur, um die Klägerin, sein hilfloses Opfer, an sich zu reißen! – und ihr Gewalt anzutun!

Glaubwürdig legte der Lauter bei der Gerichtsverhandlung dann mit anwaltlicher Hilfe dar, er habe, gedankenversunken, ganz einfach die Tür der Damen-Toilette mit der Tür für Männer verwechselt. Von jeher seien seine Sinne ausschließlich auf seinesgleichen gerichtet, niemals auf weibliche Wesen. Zum Beweis musste er auch noch offenbaren, er habe mit seinem Freund Edgar zwanzig Jahre lang ehelich zusammengelebt, bis zu dessen kürzlichem Tod. Das war Lauters Rettung.

Zwar verhalf ihm seine Homo-Ehe zum richterlichen Freispruch, verursachte jedoch einen hochmoralischen Aufruhr beim Großteil des Publikums. Mit lautstarken Schmährufen verfolgten ihn rüstige Pensionäre aus dem Gerichtsgebäude hinaus, bis die Polizei sie vertrieb.

Es brach ihm das Herz.

"Das, Edgar, Teuerster! war für mich am Schlimmsten: dass auch du noch hineingezogen wurdest. Kübel voll Schmutz gossen sie über dich aus! Ich hasse sie alle!"

Ein bis dahin stets friedlich gesonnener Lauter schwor, er werde – mit Schmach und Schande bedeckt – der ganzen Welt ihre Demütigungen heimzahlen. Mit einer einzigen grandiosen UNTAT.

Und wen sollte sie treffen? Wer trug die Schuld an seinem Desaster? Natürlich dies Weib in der Damen-Toilette. Dies Weib aller Weiber! Rache!

Dafür brauchte er jetzt erst einmal ein teuflisch gutes Konzept, dann, auf höchstem Niveau, einen erstklassigen Plan – und zum Schluss eine triumphale Exekution! Er schwelgte im Blutrausch.

"Vor allem: weg mit meiner Mitmenschlichkeit! Am Ende schmilzt sonst meine ganze Wut in Philantropie und humanitärem Gesäusel dahin!"

Dies ewige Strohfeuer im Kopf! Lauters enttäuschendste Selbsterfahrung: dass er sich mit allzu viel Nachdenken immer nur selber im Weg stand. Dass die schönsten Pläne total kaputtgedacht werden konnten. Dass er sich vor diesem verflixten Nachdenken unbedingt hüten musste! Und dass es für ihn letztlich dann doch kein Entkommen vor diesem Denken gab.

"Meine Schwachstelle!"

Schwankend, irrlichternd, labil, ein bisschen clownesk. So war er eben: um sich nicht mit seiner ewig moderaten Laune zu langweilen, ergab er sich gerne zuweilen der Melancholie. Oder er fühlte sich gar bemüßigt, als Misanthrop die Menschheit ganz allgemein zu verunglimpfen – sie am übernächsten Tag jedoch wieder als im Durchschnitt für ehrenwert zu erachten. Obwohl er Extreme hasste, sie für gefährlich hielt, warf er sich ihnen hin und wieder der Abwechslung halber gradezu in die Arme.

Zeitlebens verhedderte er sich so im Hin und Her seiner Definitionen, Verklausulierungen, Luftsprünge, warf heute um, was er gestern beschworen hatte, morgen vielleicht aufs neue geloben und schon übermorgen wieder abschwören würde. Aber er machte das immer nur mit sich selber aus, belästigte niemanden mit seinen Faxen und nahm sich nicht allzu wichtig. Man hätte das ganze Für und Wider bestenfalls für eine Art geistiges Training mit allerlei harmlosen gymnastischen Verrenkungen halten können, die letztlich niemandem Schaden zufügten.

Sowieso hatte sein Freund Edgar diesem Wirrwarr die ganzen Jahre sachte gegengesteuert. So konnte bis zu Edgars allzu frühem Tod ihrer beider Leben stets klar, überschaubar, geradlinig verlaufen, als wäre alles aufs Ordentlichste vorherbestimmt. Jetzt, wo Edgar fehlte, galt alles nur noch vorläufig, musste neu eingerichtet, justiert werden. Die Tage schlingerten so dahin und der Lauter fragte sich: "Geht das jetzt mit mir immer so weiter? Dass ich mich in meinem Leben überhaupt nicht mehr auskenne?" Wochenlang war er durch Edgars Tod wie gelähmt.

Dann kam die Toiletten-Geschichte mit der nachfolgenden Gerichtsverhandlung. Und jetzt spielte ihm seine Phantasie die Rache-Idee zu, als handle es sich um das glamouröse Herrichten eines neuen Verkaufsobjekts. Es erst einmal zur Einführung mit ein paar einschlägigen Zeilen bedichten – und dann mit Donnergetöse auf den Markt werfen! Das Dichten und das Getöse gehörte zu seinem früheren Beruf, er hatte es als Reklame-Mensch aufs Sublimste beherrscht und zugleich verachtet, denn es diente ja nur dazu, die Menschen für dumm zu verkaufen.

Das Wie, Wo und Wer? der geplanten Untat gab seinem Dasein wieder ein Ziel, ihm selbst einen ganz unerwartet neuen Schwung. Die Wochen vergingen, wohlgemut trödelte er jetzt vor sich hin, während er – ohne Zeitdruck, anders als in seinem früheren Beruf – unentwegt Entwürfe, Entwürfe, Entwürfe für sein Racheprojekt hervorbrachte. Irgendwann würde er einem sachverständigen Konsortium ein großartiges Konzept vorlegen – wenn auch, wie üblich, mit den allergrößten Selbstzweifeln und dem neurotischen Vorschlag, es am Besten einzustampfen, da komplett misslungen – während es ihm die Kollegen begeistert aus den Händen rissen.

Ach nein, das war ja vorbei! In einsamer Stille, unter Verzicht auf ein beifallspendendes Gremium musste er seinem Gehirn einen exorbitanten Plan für seine zukünftige Tat entringen – nach und nach und Zug um Zug bis ins kleinste Detail!

Zeit, viel Zeit kostete das. Entnervt entschloss er sich eines Tages zu einem weiteren Kinobesuch, hoffte im Stillen, dort seinem damaligen Nachbarn und Retter wiederzubegegnen. Und siehe da – wer stand vor der Kasse an? Da wollte sich der feige Lauter dann doch lieber schnell verdrücken. Aber er war schon erkannt und man winkte ihm freundlich zu. Wohl oder übel musste er darauf eingehen.

"Nett, dass wir uns wiedersehen. Wie geht's Ihnen?"

"Schlecht!" antwortete der Lauter. "Ich bin zum Menschenfeind geworden. Oder eigentlich zum Misogyn ... Zum Weiberhasser!"

"Wie das?"

"Mir hat ein Weib, ein dickes, fettes Weib, ganz übel mitgespielt."

Sein damaliger Retter (möglicherweise auch jetzt wieder zu einer Rettungstat bereit?) zog den Lauter weg aus der Kassenschlange, hörte sich in einer Ecke Lauters neuestes Missgeschick an.

"Jetzt hasse ich alle Frauen und wenn ich könnte, würde ich sie alle bestrafen – nein, ausrotten würde ich sie."

"Alle auf einmal – alle?"

"Jawohl – zumindest alle fetten. Aber leider habe ich ein Problem. In der Theorie neige ich zum Übertreiben – und in der Praxis hapert's dann und es passiert gar nichts."

"Was ist denn Ihr Beruf gewesen?"

"Na, Werbung! Reklame. Da reicht's, wenn man Sprüche machen, schwindeln, schönreden kann, den Menschen schmeicheln, Brei ums Maul schmieren. Jawohl, ein solcher Schmierfink war ich! Und Sie, womit haben Sie Ihr tägliches Brot verdient?"

"Ich habe Fahrräder verkauft – und kaputte repariert. Hab' Glück gehabt, heutzutage hat ja praktisch jeder ein Fahrrad! Ganz früher war ich Klavierstimmer, ich hatte nämlich das absolute Gehör und so bin ich in den Beruf hineingerutscht. Aber heutzutage hat ja kaum mehr ein Mensch ein Klavier rumstehen. Minderjährige Töchter spielen nicht Klavier, sondern Tennis, lernen Ballett oder Reiten. Und bei mir war dann halt Schluss mit dem Klavierstimmen."

"Sie haben mir neulich beinah das Leben gerettet!"

"Na, na!"

"Und außerdem meine Zeche bezahlt. Ich danke Ihnen im Nachhinein! Sie sind mir total sympathisch! Wollen wir uns DU sagen? Ich heiße Leo. Leo Lauter! Ok?"

"Ok! Ich heiße auch Leo. Leo Leiser."

Das gefiel dem Lauter, er lachte schallend.

"Löwen-Zwillinge! Na ja – ich der Laute – du der Leise. Ist uns wie auf den

Leib geschneidert! Hab' noch nie über meinen Namen nachgedacht, grade eben zum ersten Mal! Und du?"

"Ehrlich gesagt, auch noch nie. Ich bin ja nur ein einfacher Fahrradmensch. Du hast wahrscheinlich studiert, bist vielleicht sogar ein Doktor, sag! Was sollen denn ausgerechnet wir beide miteinander anfangen? Ich zum Beispiel bin kein Frauenhasser wie du, ich bin eigentlich sogar ein Frauen-Liebhaber, wie man so sagt, hab nichts anbrennen lassen. War aber immer anständig, kein Lug und Trug!"

"Ein Gutmensch also. Weißt du was, statt Leo hin und Leo her lass' uns doch einfach beim Lauter und Leiser bleiben. Dann kann's auf keinen Fall eine leoninische Verwechslung geben! Hab' seither immer gedacht, ich bin weit und breit der einzige Leo. Und da rettet ausgerechnet ein echter bayrischer Löwe mir das Leben. Schön von dir! Bleibe dir ewig dankbar! Dabei bin ich ja nur ein Zugereister, und die werden sowieso von euch Eingeborenen nur geduldet ... "

So etablierte sich, ohne langes Zögern, eine anfangs noch etwas fragile ÄltereMännerFreundschaft. Sie waren beide gerade fünfundsechzig, wussten nichts voneinander – vor allem nicht, was sie miteinander anfangen sollten.

Wobei der Leiser im Stillen so seine Bedenken hatte. Diese ihm praktisch aufgenötigte Beziehung war ihm keineswegs ganz geheuer.

"Oha, mein Lieber, was dieser Mensch sich da ausdenkt, was Kriminelles womöglich, mit seinem Weiberhass! Ich werde ihm jedenfalls nicht gleich mein ganzes Leben auf die Nase binden. Man hat ja seine Familiengeheimnisse."

Kurz darauf schlug der Leiser dem Lauter dann doch ein allererstes Rache-Opfer vor – vielmehr setzte ihn auf eine bestimmte Fährte. Drückte ihm sozusagen die Flinte zum Abschuss in die Hand:

"Die dicke Frau Angermeier, die da drüben aus dem Fenster guckt, bei der könntest du mit dem Ausrotten den Anfang machen." Er setzte jedoch vorsichtshalber hinzu:

"Andrerseits, Lauter, beeilen brauchst du dich nicht. Weil fette Weiber gibt's heutzutage mehr als genug. Die stopfen sich doch dauernd mit Kuchen und Süßigkeiten voll und können gar nicht genug davon kriegen."

Er schüttelte sich. "Denen geht's einfach zu gut!"

Und, nach weiterem Abwägen:

"Wenn sie auch keine Schönheiten mehr sind, Lauter ... Es ist ja eigentlich kein Verbrechen, wenn eine so fett ist, so einen Busen hat und so einen Hintern – sie sind immer noch Menschen und Kinder Gottes, meinst du nicht auch? Außerdem: wieso sollen für die eine, die dich gepiesackt hat, alle anderen büßen, die haben dir doch gar nichts getan?" Ein unwiderlegbares Argument.

Aber dann dachte der hinsichtlich des von ihm vorgeschlagenen Opferlamms doch etwas verunsicherte Leiser beruhigt:

"An der Angermeier beißt sich der Lauter die Zähne aus!"

Die Frau Angermeier lebte seit fast zwei Jahrzehnten in dieser Straße. Jeder kannte sie: sie war unübersehbar groß, stattlich, ja korpulent, um nicht zu sagen: fast unförmig, hatte aber zugleich ein madonnenhaft schönes Antlitz. Sie gab sich schon immer sehr zurückhaltend, fast abweisend, wenn nicht geradezu unansprechbar.

"Ich wette, sie hat eine tiefschwarze Seele", sagte der Lauter, nachdem sie ihm ein paar Mal begegnet war. Er musste irgendwas reinpfeffern, ihm war bereits ein wenig fad. Und wenn er jetzt gelegentlich von fern die Angermeier erblickte, das erste Objekt seiner Rache, dann fragte er sich: "Was soll das? Mich rächen an ihr, das macht mir den Edgar doch auch nicht wieder lebendig." Ja, damals, nach der Gerichtsverhandlung, da hatte er einfach einen Gegenstand, ein Thema, irgendetwas zum Nachdenken gebraucht, da kamen ihm die Gemeinheiten beinahe recht, um die viele einsame Zeit nach Edgars Tod mit erbitterten Selbstgesprächen hinter sich zu bringen. Aber wenn er sich jetzt die unvermeidbaren Blutlachen eines Gemetzels vorstellte, dann hörte der Spaß auf. Und überhaupt: wer vergreift sich an Frauen? Frauen waren doch, wenigstens für einen Mann wie ihn, irgendwie zweitrangige Wesen, vernachlässigbar, schutzlos, dem höheren, männlichen Verstand unterlegen – und deshalb von Natur aus irgendwie unantastbar. Und wäre es nicht schofel, himmelschreiend ungerecht, für jenes einzige, freche, schuldbeladene Weib Unschuldige büßen zu lassen? Da hatte der Leiser recht.

Außerdem: diese als erstes Opfer vorgesehene Angermeier war anders, auf ihre Weise, nur wie?

Das sagte ihm sein nach wie vor unfehlbarer Instinkt für das jeweils genau richtige, das absolut einzige Objekt, mit dem es sich zu beschäftigen lohnte – weshalb er ja auch ein so exzellenter Werbetexter gewesen war, der jedem

Gegenstand, den er nach reiflicher Auswahl bewarb, in seinen Werbesprüchen eine phänomenal überzeugende Qualität andichtete, so dass er sich endlos verkaufen, verkaufen, verkaufen ließ!

"Verkaufen, ja, das ist das Höchste!" hatte er sich einst mit der Monotonie eines Mantras immer wieder eingeredet. Er wusste ja, wie das ging: man musste es hundert-, nein, tausendmal runterbeten, damit es wirkte. Und er brachte es tatsächlich so weit, dass man gerade ihn und nur ihn die teuersten Autos, die edelsten Möbel, den kostbarsten Schmuck bewerben ließ – so hoch hatte er sich mit den Jahren hinaufstilisiert. Und nicht selten fragte er sich zwischendurch das eine und andere Mal:

"Was ist denn das für ein Mist, den ich da mache?"

In solchen Momenten kam ein Lauter zum Vorschein, der am liebsten alles hingeschmissen, von einem Butterbrot täglich gelebt und sich dem lebenslangen Studium der Philosophie gewidmet hätte. Oder wahlweise der Theologie – und hernach ein frommer Einsiedler geworden wäre. Derartige Anwandlungen hielt er für einen Ausfluss seines besseren Selbst, was ihm Edgar, sein verstorbener Lebensgefährte, immer liebevoll bestätigte – nicht ohne zugleich mäßigend auf Lauter einzuwirken, vor allem auf dessen unberechenbare Heimsuchungen, sein ewiges Hin und Her zwischen seinem Beruf und seiner in regelmäßigen Intervallen wiederkehrenden, unstillbaren Sehnsucht nach einer höheren, geistigeren, brotloseren Existenz.

Gerade jetzt, im Hinblick auf diese Angermeier, fehlten ihm Edgars Ratschläge. Anfänglich konnte er ihrem Anblick nicht das geringste Interesse abgewinnen, doch nachdem er ihr eine tiefschwarze Seele attestiert hatte, wurde sie ihm zusehends attraktiv – genauer gesagt, zu einem Produkt, dem er mit aller Kraft seiner Phantasie fast zwangsweise Leben einhauchen wollte, um es – wie eine Neueinführung in früheren Zeiten – demnächst auf den Markt zu werfen und mit seiner exklusiven Werbemethode wieder einmal einen genialen Werbe- und Verkaufserfolg einzufahren.

Genau darin bestand ja eben seine besondere Art von Genialität: er erfand an den Gegenständen, denen er zum reißenden Absatz verhelfen sollte, bestimmte Eigenschaften, die noch kein Mensch jemals zuvor an ihnen entdeckt hatte – davon redete dann die ganze Welt und war begeistert. Nicht zuletzt verdankte der Lauter das eben auch seinem hochgebildeten, eloquenten Freund – jenen tiefsinnigen, in den letzten Nachtstunden dann in heillose Absurditäten abgleitenden, ja, irrlichternden Gesprächen mit Edgar, aus denen der Lauter dann später seinen oft abseitigen, doch stets hoch elaborierten Wortschatz und seine verrückt schönen Einfälle bezog. (Von den zuletzt sehr seltenen Liebesstunden der vergangenen Jahre ganz zu schweigen, die ihrem gemeinsamen Altersleben manchmal noch eine köstliche Würze verliehen hatten. Vorbei ...)

Edgar, sein Freund und Ehepartner, war von Beruf so etwas wie Koch gewesen.

Als Abfallprodukt eines kunstvoll vertuschten hochadligen Seitensprungs war er als junger Mensch sorgsam einer klassischen Ausbildung bei international renommierten Kochkünstlern unterzogen worden, die seine früh zu Tage tretende Koch- und Küchen-Affinität alsbald zum Blühen brachte. Obgleich zur Hälfte hohen Geblüts, blieb er auf seinen mütterlich-bürgerlichen Namen sitzen. Nach Abschluss seiner exklusiven Ausbildung bei verschiedenen in- und ausländischen Meisterköchen kam seine Kochkunst ausschließlich den verschiedenen Zweigen seiner weit verstreuten Adels-Sippe zugute. Er bekochte sie (und niemand sonst) bei ihren jeweiligen Verlobungen, Heiraten, Kindstaufen, Jubiläen, Geburtstagen und Todesfällen viele Jahre lang mit seinen unvergleichlichen Rezepten, hochgeehrt für sein kreatives, kochkünstlerisches Genie und die festliche Inszenierung, die er sich jedes Mal ausdachte und für die er in Adelskreisen Berühmtheit erlangte. Damit war er ganzjährig ausreichend beschäftigt, zugleich finanziell gut abgesichert (denn die adlige Verwandtschaft ließ sich nicht lumpen!), mit angenehmen Pausen zwischendurch, und er besaß obendrein – zur Genugtuung Lauters – vom Chef des hohen Hauses dessen stillschweigendes, hochadliges *pleinpouvoir* für ihre langjährige, eheartige Verbindung.

Edgar hatte stets von seinem offiziell anonymen, intern jedoch ihm von Herzen zugetanen Vater große Zuneigung erfahren. Beim Hinscheiden hinterließ er diesem besonders geliebten, besonders begabten, unehelichen Sohn seine Jagdwaffen, ein kostbares, wenngleich absolut widersinniges Erbe – (denn Edgar liebte die Jagd keineswegs und hatte Einladungen als Jagdgast stets ausgeschlagen).

Edgar, besessen vom Verlangen nach Wissen, hatte sich durch unablässiges Studium eine die intellektuellen Anforderungen eines Kochgenies weit übertreffende Bildung verschafft. Seine Liebe zu Baum und Gehölz wurde dann weit

9

mehr als Interesse, als bloße Liebhaberei: eine endgültige, tiefe Leidenschaft. Überall besuchte er dendrologische Kongresse, erkundete auf Exkursionen in fernen Weltgegenden die letzten, von Abholzung bedrohten Urwald-Paradiese.

Den Begründer der Dendrologie, den Griechen Theophrastos von Eresos, den ersten, der wissenschaftlich erforschte, was Bäume zum Leben brauchen: Klima, Standort, Erde, Abstand, Pflanzdichte, angemessene Pflege – ihn, Naturforscher, Schüler des Aristoteles, Philosoph – erkor Edgar zu seinem Schutzheiligen.

Viele Jahre profitierte der Lauter von Edgars unersättlichem Wissensdurst, ebenfalls wissbegierig, aber zwischendurch immer wieder von Phasen der Denkfaulheit heimgesucht. Einer, der gerne vom Honigseim des Wissens naschte, aber, wenn es streng und zunehmend abstrakt wurde, sich mit den leichter verdaulichen äußeren Schichten begnügte und danach gewissermaßen den Löffel weglegte. "Ihr Werbeleute!" sagte Edgar dann zum Lauter. "So seid ihr! Ganz genau wollt ihr's dann doch nicht wissen. Das ganz Genaue ist halt anstrengend, nicht wahr?"

"Recht hast du, mein lieber Edgar – aber was soll man machen, wenn man nicht so viel Grips mitbekommen hat wie du von deinen Ahnen. Respekt! Da kann ich doch gar nicht mithalten! In dir summiert, nein, potenziert sich ja geradezu dein ganzer, uralter, riesiger Stammbaum – ich dagegen bin ein genetischer Winzling, der gerade den Kopf aus dem Saatbeet zukünftiger Geschlechter streckt, und den man am Ende vielleicht als Unkraut herausrupft? Wie's das Schicksal so will, werde ich unbeweibt eines Tages dahingehen, ein Stück unbesamten Erdreichs hinterlassen? Was leider auch auf dich zutrifft, Edgar – bedauerlicherweise, denn zusammen mit mir hast du deine erhebliche genetische Substanz einfach der Fleischeslust geopfert, anstatt irgendwelche Hochschulprofessoren, Romanschreiber, Erforscher des Weltalls oder Lehrmeister der Menschheit zu zeugen. Ach, Edgar, ich liebe dich und danke dir dafür! Wir sind nun einmal zwei Homos, und weiß der Teufel, warum du – eigentlich ein edler Von und Zu – dir grade einen Proleten wie mich als Liebhaber ausgesucht hast."

Und nun war er also beim Leiser gelandet. Welch ein Abstieg, verglichen mit Edgar! Aber so sah es der Lauer ganz und gar nicht. Im Gegenteil.

10

"Edgar, er hat mir vielleicht nicht grade das Leben gerettet, aber hat mir in einer äußerst unangenehmen Situation Beistand geleistet, hat meine Rechnung im Café bezahlt – und ist einfach verschwunden, ohne zu wissen, wer ich bin. Durch Zufall sind wir uns wiederbegegnet. Er ist kein Homo, er ist nur einfach ein Mensch, ein mitfühlender, anständiger Mensch. Freilich, du warst ein Genie – aber das muss man verkraften! Nach dir nochmal eines, nein, auf meine alten Tage wäre mir das nun doch zu anstrengend. Zumal, um es dir gleichzutun, käme nur ein Nobelpreisträger in Betracht, und der wäre sich zweifellos zu schade, um mir als Ersatz-Edgar zu dienen. Denn, im Vergleich zu dir, deinem Herkommen, deinem Können und deinem Verstand, wäre ich mit meinen verlogenen Werbesprüchen für ihn höchstens eine Art besserer Analphabet."

Auf seine Berufsauffassung jedoch, seine Arbeitsmoral, seinen Ehrgeiz im Wettkampf mit seinen Fachgenossen ließ der Lauter nun doch nichts kommen, aber schon gar nichts! Da wollte er sich von keinem Kollegen jemals übertreffen oder auch nur irgendwie in den Schatten stellen lassen. Sobald er damals einen Auftrag angenommen hatte, entwickelte er seine Strategien: wie er sich dem Objekt nähern, seine zukünftige Bedeutung eruieren, es sich von Grund auf aneignen, ja, sich unterwerfen könne. Handelte es sich um Ess- oder Trinkbares, legte er es sich sofort in größeren Mengen zu und konsumierte es endlos, um seine Verträglichkeit zu prüfen, sodann festzustellen, setzte es auch wirklich beim ersten Anblick die Ess- oder Trinklust in Gang? Lief einem da schon das Wasser im Mund zusammen? Hielt bei fortgesetztem Genuss das Vergnügen an, steigerte es sich oder versiegte schmählich? Oder verkehrte es sich – Katastrophe! – sogar in sein Gegenteil? Er erfand auch neuartige Geschmacksempfindungen, nie beachtete Farbreize. Es gab unzählige Sinnesempfindungen, die man dem Verbraucher aufschwatzen konnte, mochten sie noch so exzentrisch sein – (ähnlich schmecken Wein-Kritiker bestimmten Weinen aberwitzige Lustgenüsse ab) – um dann am Ende seine Laudatio auf das Produkt in ein paar wenige Zeilen zu kleiden. Falls es ihm nicht gelingen wollte, sich zuletzt mit seinem Lobspruch wirklich zu identifizieren, gab er den Auftrag nachträglich zurück. Er war deshalb in der Branche verschrien, auch für seine Sturheit – andererseits aber für seinen Witz, seine Einfälle berühmt.

Wenn es erst um Reisen ging – Busreisen, Bahnreisen, Flugreisen, Schiffsreisen, Weltreisen, wissenschaftlich thematisierte Reisen, Kunstreisen – dann übertraf der Lauter sich selbst, vergrub sich in ferne Lande, ihre Natur, ihr

Wetter, ihre Bodenschätze, Geschichte, Kunst, Theater, die Schönheit, Grazie, Liebenswürdigkeit ihrer Frauen, die landesüblichen Feinschmeckereien – er konnte sich nicht genug tun. Ohne je dort gewesen zu sein, wusste er alles, einfach alles – und damit lockte er die Reiselustigen denn auch unwiderstehlich dorthin.

Manchmal erinnerte er sich: während der Semesterferien, an einem längstvergangenen Sommernachmittag war er als Student über den unvergesslich zauberhaften Wochenmarkt von Pavia geschlendert, hörte und schaute einem Marktschreier zu, der mit wahrer Inbrunst keramische Kostbarkeiten anpries:

"Herrschaften! Sie sehen hier Werke der ersten Künstler Italiens! Für jeden erschwinglich! Wie aus dem Leben geschnitten!! Wunderbar in den Farben!"

Er hob, damit jeder ringsum es auch wirklich sehen konnte, das konfektionierte Lächeln einer Madonna mit beiden Armen hoch – dann ein idyllisches Schäferpaar – den treuen Gipsblick eines Hundes – sie alle waren abgesunkene Erinnerungen einer einst großen Tradition, zur Händlerware erniedrigt.

"Ecco! Dieser Hund, ein Bild der Treue, nicht dreitausend, nicht zweitausend, nicht tausend, – nein, für Sie nur sechshundert Lire! Greifen Sie zu! Greifen Sie zu!"

Der damals noch sehr junge Lauter, Student der inzwischen Volkswirtschaft genannten ehemaligen Nationalökonomie, – voller Selbstüberschätzung und Hochmut, ein echter Germane, konnte sich's nicht verkneifen, sagte es dem Verkäufer direkt ins Gesicht:

"Kitsch!"

Darauf der Angesprochene, ganz aufgeregt: "Come, Signore?" und nochmals, dringlicher: "Come, Signore? Prego!"

"Kitsch!"

Beglückt, begeistert nahm der Marktschreier das fremde Wort auf und begann sofort lauthals zu schreien: "Kiitsch! Kiiitsch! Kiiitsch!" Der deutsche Student entfernte sich eilends. Es war ihm nun doch peinlich …

Mit den Jahren zollte er jenem Marktschreier von Pavia jedoch weit mehr Respekt. Das war ein echter collega, einer, der mit allen Sinnen Werbung machte, verkaufte – ein geborener Kaufmann, ein Mime, der ganz und gar in seiner Rolle, in seinem business aufging. Und ehrlich: er, der Lauter, übte doch seinen Beruf auch nicht viel anders, nur etwas stimmschonender, aus?

Jetzt erst, in seinen späten Jahren, bemerkte er aber auch: es gibt außer fahrenden Marktschreiern, die mit Herzblut Kleidungstücke, Kitsch und sonstigen Kram auf den Märkten verkauften, ortsfeste Kaufleute wie den Leiser zum Beispiel, ein Fahrrad-Händler, der mit Leidenschaft seine Kunden beriet, ihnen gute Vehikel anpries und mit derselben Sorgfalt kaputte Fahrräder wieder fahrbar machte. Erstaunlich!

Immer öfter zog es den Lauter jetzt in die Radl-Werkstatt. Warum eigentlich? Er wusste es selber nicht, stand anfangs nur einfach herum, langweilte sich, verschwand bald wieder. Nach und nach aber schaute genauer hin, was sowohl der Leiser, wie des Leisers Sohn, dem jetzt die Werkstatt und das Fahrradgeschäft gehörten, und die zwei Lehrlinge so trieben. Sie arbeiteten! Und wie!

Seit er denken konnte, hatte der Lauter ein hochtouriges Arbeitsleben geführt. Jetzt, wo er dem Leiser und den Seinen auf die Finger schaute, lernte er eine andere Arbeitsweise kennen, eine ganz neue – und die gefiel ihm. Früher hätte er sie wohl abgelehnt. Sie hatte etwas allzu Geregeltes, Geordnetes, Immergleiches. Das jedoch war ebenfalls reizvoll und dazuhin bekömmlicher als die ehemals unbedingt von ihm bevorzugte, hektische Betriebsamkeit seines beruflichen Lebens. Im vor kurzem erst angetretenen Ruhestand hatte er sie anfangs oft vermisst. Nach und nach, je öfter er beim Leiser der Arbeit zuschaute, verlor sich diese Sehnsucht nach der verlorenen Hektik und rastlosen Schaffenswut.

Nie zuvor hatte er so hingebungsvoll Menschen bei ihrer Arbeit beobachtet. Wie sie – einer ihnen innewohnenden Arbeitsanleitung folgend – ihr Hand-Werk betrieben. Nie hätte er gedacht, wie sehr ihn das faszinieren würde: wie flink, routiniert, geschickt, fehlerlos, ja, elegant das vonstatten ging. Das konnte man ARBEIT nennen im ursprünglichsten Sinn, vielleicht eher als die seine, denn bei der war ja – zugegeben – auch immer ein wenig Aufschneiderei dabei ... Als wirkliche Denk-Arbeit konnte sowieso nur – jenseits vom Rang eines Platon, Kant und anderer Geister – das Denken so kluger Menschen wie das von Edgar gelten. Seine eigenen Denkanstrengungen hatte er schon immer einer Kategorie höchstens zweiten, besser dritten Grades zugeordnet. Und dennoch hatte er seine Arbeit geliebt.

Fast unmerklich kam ihm inzwischen sein Mord-und-Todschlag-Projekt abhanden – kein Wunder bei seinem inzwischen schon wieder recht angenehmen Vorsichhinleben. Weil aber sein blutrünstiges Vorhaben sich einfach nicht mehr länger verdrängen ließ, stand er plötzlich mit leeren Händen und schlechtem Gewissen vor sich selber da wie ein Kind, das irgendwo sein einstiges Lieblingsspielzeug halb unbewusst, halb absichtlich vergaß, weil es ihm nicht mehr gefiel – und weil das Kind lieber etwas Neues, Aufregendes haben wollte. In solchen und ähnlichen Situationen hatte er sich schon immer beschimpft. Das trug erfahrungsgemäß von vornherein zur Versöhnung mit sich selber bei. So auch jetzt:

"Lauter, du bist wirklich ein höchst unzuverlässiger Mensch! Aber ich lasse es dir nicht einfach so durchgehen, dass du plötzlich keine Lust mehr hast, deine Ehre, Edgars Ehre und deine Liebe zu ihm zu verteidigen!!"

Stets nahm er darauf weiter seine Zuflucht zur Selbsthilfe, um sich zu rechtfertigen. Schon zu Edgars Zeiten hatte ihm dies Ritual aus vielerlei Unannehmlichkeiten herausgeholfen. Edgar war ja oft wochenlang auf Reisen gewesen und während seiner vielen Abwesenheiten benötigte der Lauter immer mal zwischendurch ein geneigtes Ohr – und das nicht nur, wenn ihm etwas missraten war, sondern auch, wenn er nicht mehr aus einer Schieflage herauskam. Zur Not gewährte der einsame Lauter sich dann dies hilfreiche Ohr einfach selbst. Die Prozedur begann stets mit einem demütigen Buß- und Reuebekenntnis und schloss ab mit einem höchst eloquenten Besserungs-Versprechen. In seiner Demut und Bußfertigkeit hatte es der Lauter zu wahrer Virtuosität gebracht. Und – bei geschickter Handhabung - war dieses Ritual bei den verschiedensten Kalamitäten anwendbar, wie zum Beispiel jetzt bei der schmählichen Versäumnis seiner groß angekündigten UNTAT.

Nach ausgiebiger Gewissenserforschung erteilte sich der reuige Sünder dann als sein eigener Beichtvater am Ende selber die Absolution.

Würde es auch jetzt nicht genügen, den Vollzug seiner Rache unblutig, verbal – zum Beispiel in Form eines furchtbaren Fluchs – ehrenhaft zu beenden? Zumal die zweifellos inhumane Idee, alle Weiber zu töten – (oder wenigstens eine!) – ihre Attraktivität vollkommen eingebüßt hatte. Sie war so gut wie passée.

Zum Ersatz würde ihm das Projekt "Angermeier" dienen, das glücklicherweise in keinerlei Widerspruch zum Sittengesetz stand. Die Angermeier wäre die allererste Frau in seinem Leben. Sich ihr zu widmen, sie zu erforschen, ihre Seele bloßzulegen: war sie nun schwarz, war sie es nicht? – all das wäre rasend interessant. Sie hingegen umbringen? Auf keinen Fall! Er war ja kein Lustmörder.

Daneben aber wollte der Lauter noch etwas ganz anderes: zum krönenden Abschluss seiner Karriere nämlich ein echtes Hand-Werk erlernen. Nur welches? Und wo?

"Ja also, wenn es wirklich vorbei ist mit deinem Massaker ... " sagte der Leiser, nun doch beeindruckt und dank der überraschenden Sinnesänderung Lauters aller Sorgen enthoben: das blutrünstige Weiberhinschlachten war abgewendet. Er kannte den Lauter ja erst seit kurzem und ahnte nicht, wie viele Sinneswandlungen in Zukunft noch wie Gewitter- oder auch Schönwetter-Wolken über ihre Freundschaft hinwegziehen würden.

"Du, Leiser, wovon lebt eigentlich die Angermeier?"

"Sie strickt."

"Sie strickt?"

"Jawohl. Mit eigener Hand. Schals, nur Schals – aber allerfeinste, in den ausgefallendsten Farben. Ein ganz besondres Gestrick muss das sein. Wahnsinnig teuer. Jeder Schal kostet ein paar hundert Euro und sie verkauft sie am laufenden Band, sagt man. Davon lebt sie und natürlich nicht schlecht, bei den Preisen. Ich hab' aber noch keinen von ihren Schals gesehen und weiß nicht, ob sie ihren Preis wert sind."

"Leiser, ich möchte auch stricken. Ich meine: stricken lernen. Bei ihr."

Den Leiser riss es förmlich herum!

"Was bist denn du für ein schräger Vogel? Erst willst du sie abschlachten? Und jetzt soll dir die Angermeierin das Stricken beibringen?"

"Ja, ich hab's mir überlegt. Grade in diesem Augenblick bin ich draufgekommen. Ich wollte sie ja sowieso nicht mehr umbringen, zum Ausgleich lerne ich jetzt stricken bei ihr. Stricken ist doch eine sehr vernünftige Beschäftigung, Leiser, ein ehrliches Handwerk, genau so gut wie das Fahrrad-Flicken."

War der Lauter verrückt geworden? Hatte er den Verstand verloren?

"Weißt du, Leiser, ich bin alt, einsam, pensioniert und vor kurzem ist auch noch mein langjähriger Lebensgefährte gestorben – Edgar, er war ein Genie. Und jetzt suche ich mir halt irgendwie einen Ersatz."

Den Leiser riss noch einmal herum. Er konnte, was ihm da eröffnet wurde, nicht fassen. Auch das noch: ein Homo! Und er? War *er* vielleicht zum Ersatz für den verstorbenen Lebensgefährten vorgesehen?

"Gott behüte!" Fast hätte er es hinausgeschrien: "Ich bin doch kein Homo!"

Er schluckte es runter, fragte stattdessen, nach einigem Schweigen:

" Du bist ein Homo, Lauter? Wirklich? Dass ich das nicht gemerkt habe von Anfang an!"

"Na und? Das ist doch inzwischen schon beinah normal!"

"Niemals! Niemals! Hiermit kündige ich dir die Freundschaft – aus! aus! aus! – für immer! Schleich dich!"

"Aber Leiser, mein Lieber, ich will doch gar keine Ehe mit dir wie mit meinem Edgar! Nein! Ich bin und bleibe Witwer! Oder, wenn dir das lieber ist, könntest du mich auch als 'Witwe' bezeichnen?"

Dem Leiser drehte es erst recht den Magen um.

"Fass' mich ja nicht an! Mir graust es!"

"Musst keine Angst haben, Leiser, für mich bist du gewissermaßen gar kein Mann – für mich bist du ein Neutrum!"

Ihn beleidigen auch noch! Was musste er sich sonst noch gefallen lassen von diesem Subjekt?

"Dann gehab' dich wohl, Lauter, ich wünsch' dir trotzdem eine gute Zeit. Aber in meiner Werkstatt lass' dich ja nicht mehr blicken! Du könntest ja auch noch unsere Lehrlinge verderben!""

Der Leiser drehte sich um und ergriff die Flucht.

Der Lauter rief ihm noch nach:

"Das wird dir noch leid tun!"

Und so sollte es denn auch kommen, einige Zeit später.

Lauter hielt es für angebracht, der Frau Angermeier schon bei der ersten Begegnung seine erotische Präferenz zu offenbaren. Sie sollte ihn nicht versehentlich als potentiellen Verehrer einschätzen und damit in eine äußerst peinliche Lage bringen. Ihre anfänglich schwarze Seele hatte er inzwischen verworfen und hielt sie stattdessen für so aufgeklärt und tolerant, dass sie – anders als der rückständige Leiser – seinen ehedem homosexuellen Ehestand ohne weiteres hinnehmen würde.

Es erwies sich jedoch als äußerst schwierig, überhaupt ins Gespräch mit ihr zu kommen.

Er läutete, sie öffnete die Tür einen Spalt weit:

"Ich empfange keine Besuche!" Sie machte zu.

Er läutete ein zweites Mal, sprach laut und deutlich zur geschlossen bleibenden Tür:

"Ich bin kein Besuch – ich bin ein Interessent!"

Von innen ertönte:

"Verkauft wird nur übers Internet."

Er läutete ein drittes Mal, versuchte es – schamlos – mit der Mitleidstour:

"Ich bin, als Mann, auf meine Art, ein Ausgestoßener, vielleicht haben Sie dafür Verständnis? Sie sind Künstlerin, da könnte man das beinahe erwarten, nicht wahr?"

Es zog. Wenigstens ein bisschen.

"Was wollen Sie überhaupt?"

"Ich bitte, eines höflichen Anliegens wegen eintreten zu dürfen."

Daraufhin öffnete sich spaltweise die Türe.

"Um was geht es?"

"Ich möchte stricken lernen – von Ihnen."

Die Türe ging auf.

"Das ist nicht Ihr Ernst?"

"Aber ja! Ich war einmal ein sehr erfolgreicher Werbemensch und habe immer nur ausgesuchteste Ware beworben. Die Ihre, Gnädigste, scheint mir das überhaupt Exklusivste, was ich derzeit bewerben könnte. Aber ich bin ja im Ruhestand und will Ihre Schals gar nicht bewerben. Sie haben's, was man so hört, auch gar nicht nötig. Ich will vielmehr stricken können und selber Schals entwerfen und anfertigen, für Sie, gnädige Frau! Ich möchte zuerst Ihr Schüler und dann Ihr Kompagnon werden."

"Sie kommen nicht zufällig aus der Psychiatrie?"

"Keineswegs! Ich werde ihnen meinen Steuerbescheid und sämtliche Bankunterlagen vorbeibringen, mich vor Ihnen entblößen bis aufs Hemd, ja, bis auf die nackte Haut."

"Danke! Es reicht mir auch so. Man merkt Ihnen die Werbesprüche heute noch an. Vielleicht sind Sie ein Verrückter. Vielleicht auch nicht – ich kann es ja mal mit Ihnen probieren. Ein Mann, der stricken lernen möchte ... Sie können morgen Ihre Lehre bei mir antreten, zu den üblichen Bedingungen und hundert Euro Lehrgeld im Monat."

Dass sie derart geschäftstüchtig war, ihm auch noch so viel Lehrgeld abzuverlangen – das imponierte ihm. Diese Frau schien – außer mit viel zu vielen Kilos – mit einem wunderschönen Antlitz und einer gewissen Intelligenz, ja, vielleicht sogar mit Geist ausgestattet? Hatte ihn wieder einmal sein Gespür für das Besondere, ja, das wirklich Extraordinäre inspiriert? Ihn die richtige Wahl treffen lassen?

"Edgar, mein Lieber, du siehst, ich bleibe dir treu – die Angermeier, vielleicht hattest du da deine Hand im Spiel? Gottseidank bin ich nicht ihr Abmurkser geworden, sondern werde ihr Lehrling, ihr zukünftiger Mitarbeiter und wer weiß, was sonst noch alles?"

So sah er es voraus, und so kam es beinahe auch.

Das Strickenlernen fing ziemlich mühsam an. Aber wenn er die Angermeier beobachtete, wie bei ihr die Nadeln nur so flogen, dann biss er die Zähne zusammen und schwor, er würde nicht aufgeben, nie, nie. Eines Tages werde er es mit ihr aufnehmen können.

"Einem alten Mann seine karge Rente schmälern", sagte er, als er ihr das erste Mal seine hundert Euro Lehrgeld aushändigte.

"Nun, Sie stehlen mir ja meine Zeit, und den Aufwand an Lernmaterial wollen wir auch nicht vergessen!"

Letzteres bestand natürlich nicht aus der kostbaren Strickwolle, aus der sie ihre Schals fertigte, sondern zum Lernen gab es nur ein ordinäres Baumwollknäuel – und basta!

Der Lauter stellte sich nicht ungeschickt an, er kam vorwärts, erwies sich sogar als recht flink, brachte etwas zusammen. Eines Tages sagte Frau Angermeier, überrascht von seinen Fortschritten:

"Das hätte ich nicht von Ihnen gedacht – Sie meinen es ja wirklich ernst mit dem Stricken!"

"Danke, schöne Frau!"

"Wollen Sie mich verhöhnen?"

"Eher anbeten! Sie sind die schönste Frau, die ich jemals erblickt habe."

"So spricht ein Werbetexter, der kein Maß kennt und das Übertreiben nicht lassen kann."

"Nein, so spricht ein Mann, der sich ausschließlich in Männer verliebt! Und wenn der einer Frau, in die er sich nie und nimmer verlieben *kann*, sagt, sie sei die Schönste, dann *ist* sie die Schönste!"

Frau Angermeier wandte sich um, schwieg lange. Hatte er sie gekränkt, beleidigt, verletzt?

"Sie werden demnächst den ersten, richtigen Schal stricken. Trauen Sie sich das zu? Nur ein ganz einfaches Muster natürlich, das gebe ich Ihnen vorher zum Üben."

In der Mittagszeit verköstigte sie ihn regelmäßig, teilte ihr frugales Mahl mit ihm und überhörte seine Seufzer, wenn er an ein anständiges Essen in einem der nahen Lokale im Viertel dachte. Sie ließ ihn aber einfach nicht gehen, sondern drängte ihm einfach ihre Salate und Obstsäfte auf und nagelte ihn – nachdem sie erfragt hatte, er habe einst Volkswirtschaft studiert – mit Fragen fest wie:

"Ist Ihnen die Geschichte der europäischen Inflationen geläufig?"

"Zufällig gerade nicht", sagte er entnervt und fragte sich im Stillen, was ihr wohl morgen, übermorgen und überübermorgen einfallen würde, um ihn mittäglich festzuhalten – nachdem er schon andere Kostproben ihrer Allgemeinbildung überstanden hatte.

Doch ungerührt beschäftigte sich die Frau Angermeier weiterhin – außer mit kargem Essen, Trinken und Nüsseknacken (sehr gesund!) – mit ihrer derzeitigen Lektüre, der Wirtschaft unter Ludwig XIV. Die ungeheure Verschuldung des französischen Staates durch die ewigen Kriege. Den vergeblichen Versuch des Schotten John Law, mittels Aktien und Notengeld den Staatsbankrott abzuwenden von Frankreich.

"Gespenstisch!" dachte der Lauter. "Mit was sich heuzutage die Frauen abgeben." Sein Respekt stieg.

Sein erster, richtiger Schal aus edelstem Material, untadelig, perfekt, wurde mit einem Glas Champagner und seitens Lauters mit einem Handkuss für die Frau Angermeier gefeiert. Sie legte eine Platte auf, und er schwenkte die unerwartet anmutig Bewegliche im Walzertakt um und um. Es fühlte sich für ihn an, als habe er sich nun doch ein ganz klein wenig in diese Frau verliebt. Er wusste jedoch, das war absolut unmöglich – und er hatte ja auch einen kleinen Schwips. Am nächsten Tag wäre es vorbei und vergessen.

War es aber nicht.

Und so begann sein Liebesleid mit der Frau Angermeier.

Als erstes beschwor er den verstorbenen Edgar:

´"Ich weiß gar nicht, was mit mir los ist. Diese Gemütsbewegung ist mir vollkommen neu. Wie komme ich nur dazu und wie werde ich sie wieder los? Ich möchte dich wirklich nicht enttäuschen. Hilf mir!"

Dann begegnete ihm eines Tages der Leiser. Der wich ihm aber nicht aus, sondern ging geradeswegs auf ihn zu und sagte, fast mitleidig:

"Lauter, jetzt hat's dich also erwischt, du halbschariger Homo! Die ganze Straße redet über die Angermeier, die immer nur solo gewesen ist – und jetzt hat sie plötzlich einen Liebhaber, den keiner kennt. Nur ich kenne ihn – der bist nämlich du!

Weil du also jetzt doch kein richtiger Homo bist, deshalb will ich auch wieder dein Freund sein und zu dir halten, egal, wie die Leute über dich herziehen. Denn die Frau Angermeier ist halt ganz was Besonderes – und wer die ergattert, den nehmen die Leute unter die Lupe, erbarmungslos! Und lassen kein gutes Haar an ihm. Da mach' dich nur drauf gefasst! Aber andererseits, wenn ich es mir überlege: bei dir ist die Angermeier in guten Händen. Ich bin ganz froh, denn sie ist eine wirklich respektable Person. Ich lasse nichts auf sie kommen, da sollen die Leute noch so dumm daherreden über sie."

Bei einem der nächsten Mittagessen, die von Mal zu Mal schweigsamer verliefen, da sich Frau Angermeier mit ihrem Bildungsgut zunehmend zurückhielt, sagte sie plötzlich mit einem tiefen Seufzer:

"Mir geht es ähnlich."

Was immer das hieß – sie blickte ihm lang und tief in die Augen, tauchte gewissermaßen darin unter. Lauter schwieg verstört, wusste nicht, wie und mit was darauf eingehen.

Sie: "Wir sollten darüber reden."

Schweigen.

Sie griff über den Tisch nach seiner Hand, hielt sie fest:

"Sie leiden. Ich leide. Besser, wir trennen uns!"

"Nein!" schrie er heraus. "Warum trennen?"

"Weil wir uns ein ganz klein wenig ineinander verliebt haben. Ich in Sie – und Sie in mich. Und das geht bei Ihnen gegen die Abmachung mit Ihrem einstigen Geliebten. Ich trage übrigens ein vergleichbares Problem mit mir herum. Eine ehemalige Liebe, so etwas wirft man nicht einfach über Bord."

Er schüttelte verzweifelt den Kopf. Sie hatte ja recht!

"Ich mache Ihnen einen Vorschlag. Wir schlafen eine Nacht darüber und morgen erzählen wir uns gegenseitig, mit wem wir einmal untrennbar verbunden waren und wie es zu Ende ging, bei Ihnen, bei mir. Das wird uns erleichtern, nein, befreien! Einverstanden?"

Aber es gab kein morgen.

Denn beim Nachhausekommen fand der Lauter eine Einladung zu einer unumgänglichen Reise vor: Edgars Hohes Haus rief – und der Lauter würde selbstverständlich diesem Ruf folgen. Passenderweise teilte Frau Angermeier ihm noch am selben Abend elektronisch mit, sie sei die nächsten Tage unterwegs und kehre leider erst kommende Woche wieder zurück.

Den Lauter erwartete Folgendes:

Der Adelsclan würde sich vollständig zusammenfinden, um – nach einer feierlichen Messe zu seinem Gedächtnis – die Urne mit Edgars Asche der monumentalen Familien-Grabstätte einzuverleiben. Danach sollte eine Mittagstafel alle Teilnehmer in Erinnerung an den Verstorbenen nochmals vereinen, der – ein ebenso liebenswürdiger, wie bescheidener, illegitimer Spross dieses Hauses – ihren Festen ungezählte Male mit seinen Kochkünsten und seinen geistreichen Arrangements außergewöhnliche Glanzlichter aufgesetzt hatte. Und der außerdem – das intellektuelle Niveau der Familie nach und nach einfühlsam bereichernd – regelmäßig einlud zu von ihm initiierten, streng wissenschaftlichen, rhetorisch jedesmal hinreißenden Vorträgen irgendwelcher Kapazitäten. In deren Zuhause er sich dann mit einem voluminösen Gastmahl revanchierte.

Lauter verließ nicht den Friedhof zusammen mit der Trauergemeinde, das adlige Mittagessen lockte ihn nicht. Lieber wollte er noch einmal mit Edgar Zwiesprache halten. Sein schlechtes Gewissen machte ihm das Herz doppelt schwer.

"Ach, Edgar, ich verabschiede mich noch einmal von dir. Gleichzeitig muss ich dir beichten.

Zuerst: dein Herz war immer beim Herd, beim Kochherd – aber mit deiner Seele warst du bei den Bäumen. Was dann noch von dir übrigblieb, das gehörte mir. Es war immer noch ganz schön viel, ich konnte mich nicht beklagen. Auch das Adelsvolk, dem du so wunderbare Feste bereitet hast, kam auf seine Rechnung. Alle haben dich dafür geliebt, dein Genie gepriesen. Schlaf gut, ruhe sanft, Edgar, ich lasse dich los.

Aber auch du wirst mich loslassen müssen, es tut mir leid. Ich weiß nicht, wie es geschehen konnte – aber ich habe mich in eine Frau verliebt. Ich, ein Homo. Ich weiß nicht einmal, wie sie mit Vornamen heißt. Sie ist so schön wie ein Engel, fast so klug wie du und sie weiß auch beinah so viel – und bewegt sich mit großer Anmut, obgleich sie sehr korpulent ist. Vielleicht gelingt es dir, vom Himmel herab ihrer ansichtig zu werden? Falls ja, wirst du mich verstehen."

Im selben Augenblick, wo er ihn beschreibt, kommt dieser Engel daher, ungeflügelt, noch fern, aber leibhaftig, zu Fuß! Es ist dieselbe Person, die während der Trauermesse in der ersten Reihe der Trauergäste saß, von Kopf bis Fuß tiefschwarz verschleiert und eingehüllt. Er selbst, in der allerletzten Bank sitzend, hatte vermutet, sie sei wohl eine sehr enge, ihm jedoch unbekannte Angehörige des Verstorbenen, von bürgerlicher Mutterseite her? Jetzt, wo er ihr entblößtes Gesicht sieht – natürlich erkennt er sie da:

Es ist die Frau Angermeier!

Das Herz steht ihm still. Er findet kaum die Kraft, sich umzuwenden und fortzurennen, raus aus dem Friedhof, zum Bahnhof und weg, weg, weg!

Er saß bereits in einem nur noch aufs Abfahrts-Signal wartenden Zug Richtung heimwärts, da fiel ihm ein, man hatte ihm bei Edgars Tod den Schlüssel zu einem Dachkämmerchen im Schloss zugesandt, das Edgar für gelegentliche Ruhestunden anlässlich seiner Koch-Besuche benützte. Mit nichts als einer bequemen Liege und einem abschließbaren Schränkchen ausgestattet, warteten Edgars letzte Habseligkeiten darauf, dass Lauter sie abholte.

In Panik sprang er im letzten Moment aus dem Zug, kehrte mit einem Taxi zurück, legitimierte sich bei der Schlosswache, fand in besagtem Kämmerchen nichts als ein paar zerlesene Kochbücher. Der Schublade des kleinen Schranks entnahm er den einzigen, darin verwahrten Gegenstand, einen dicken, vielfach zugeklebten, an ihn adressierten Brief. Lauter gab den Schlüssel ab und empfahl sich – diesmal endgültig.

Eine entsetzliche Wirrnis wirbelte in seinem Kopf: wer war die Frau Angermeier? Vor langer Zeit Edgars Geliebte? Immer wieder tauchte ihre geisterhafte Erscheinung vor seinen Augen auf. Fieberhaft suchte er in seinem Gedächtnis nach einem Anhalt: konnte es überhaupt je eine Geliebte für Edgar, den Homo, gegeben haben? Wenn doch, dann hatte Edgar es ihm sorgfältig verschwiegen. Das schmerzte. Er fühlte sich im Nachhinein hintergangen. Aber Edgar war tot, ihn konnte er nicht mehr um eine Erklärung bitten, oder gar Rechenschaft von ihm fordern. Und die Frau Angermeier war ihm sowieso nichts, ganz und gar nichts schuldig. Die ganze lange Zugfahrt starrte er vor sich hin, konnte keinen Gedanken mehr fassen, fühlte sich übergangen, zur Seite geschoben, in seinem Vertrauen missbraucht.

Was er nicht wissen konnte: nicht nur *er* hatte auf dem Friedhof *sie,* die Frau Angermeier erkannt, sondern – schon vorher, in der Kirche – auch *sie,* die Tieftrauernde*, ihn.*

Zuhause angekommen, ging er sofort für die nächsten vierundzwanzig Stunden ins Bett. Er wäre am liebsten gleich zwei, drei Tage an diesem nächst dem Mutterschoß angenehmsten und sichersten Ort der Welt verblieben, aber er hielt es dann doch nicht länger als bis zum morgigen Spätnachmittag aus. Er stand also auf, erfrischte sich und beschloss, sich beim Leiser Rat zu holen. Der war von der ungeheuren Neuigkeit weniger überrascht als erwartet.

Die Angermeier hatte einen Liebhaber gehabt!

"Jetzt beißt's aus!" sagte er, wie so oft für den Lauter dialektmäßig nicht ganz verständlich.

"Was meinst du damit?"

"Na, das Versteckspielen halt, das hat jetzt ein Ende."

Was immer der Leiser damit meinte, es half dem Lauter nicht weiter, es war ihm auch egal.

Abermals zog es ihn in seine Schlafstätte zurück. Dort – auf dem Nachtkastl – hatte er den von Edgar hinterlassenen, mysteriösen Brief abgelegt. Mit dünner Bleistiftschrift stand obenauf

"Für dich, Leo. Lies und verzeih mir, deinem Edgar, dass ich dich erst jetzt in mein Schicksal einweihe."

Was kündigte das an? Er öffnete das Kuvert, es enthielt eine Anzahl eng beschriebener Blätter. Mit Herzklopfen faltete Lauter sie auseinander. Das erste Blatt lautete:

An meine geliebte Dulcinea!

Liebste! Ich nenne dich so in Verehrung für den großen Cervantes! Warst du für mich doch – wie jene von Don Quijote erfundene Dulcinea – fiktiv! Denn für mich gab es dich ja nicht, durfte dich nicht mehr geben. So haben sie dich zur Un-Person gemacht, dich mit Nichtvorhandensein für dein Vergehen, deine

Liebe zu mir, bestraft. Ich - ich war zwar kein verrückter, herumvagabundie-
render Ritter, aber – fast noch schlimmer! – verglichen mit dir, deiner Her-
kunft, der illegitime Sohn eines Vaters mit stolzem Namen, ein verhinderter,
verheimlichter, im Schoß der Familie versteckter Beinahe-Prinz. Für dich bei
weitem nicht gut genug! Und was ist denn auch aus mir geworden? Der Kochs-
klave meines berühmten Geschlechts. Du aber, genealogisch vom Feinsten, eine
engelhafte Schönheit, bezaubernd, mit allen nur denkbaren, von kühnster Phan-
tasterei ersonnenen Reizen ausgestattet – meine unerreichbare Liebe, so uner-
reichbar, als wärst du wie Dulcinea ein schieres Phantom. Verehren, aus der
Ferne anbeten durfte ich dich, aber niemals mehr küssen, berühren, lieben, dich
auch nur wiedersehen. So haben wir uns Jahr um Jahr alles Glück dieser Erde
verbieten lassen. Warum fügten wir uns? Ich verlasse die Welt ohne Antwort
auf diese Frage. Lebe wohl, meine Dulcinea, Geliebte.

Lauter legte das Blatt weg, er hatte es atemlos wieder und wieder gelesen.
Es gab keinen Zweifel – Edgar hatte vor ihm eine Geliebte gehabt – Dulcinea –
und die konnte keine andere sein als die Frau Angermeier. Wer aber war Frau
Angermeier?

Wenn einer ihm das würde sagen können, dann war das der Leiser. Das
Schicksal hatte ihn, den Lauter, ja genau zu diesem Behuf eines Tages im Kino
neben den Leiser gesetzt, damit dieser ihm später, nein jetzt, nach Wochen
und Monaten, erklären würde, wer um Himmelswillen die Frau Angermeier in
Wirklichkeit war! Eine Frau Angermeier doch ganz sicherlich nicht!

Aber eine Frau Angermeier war sie eben doch!

"Denn" so berichtete ihm der Leiser – (wenn es auch höchstens die halbe
Wahrheit war) – "man hat sie gezwungen, den Polizeiwachtmeister Angermeier
zu heiraten, nachdem sie – (von wem wohl?) – schwanger geworden ist. Sie hat
dann sogar noch Glück gehabt, weil die Leibesfrucht schon vor der Geburt
abgestorben und das Kind tot auf die Welt gekommen ist – angeblich!"

Das "angeblich", so deutlich betont es der Leiser nach einer kleinen Pause
anfügte, überhörte der Lauter. Ihn machte allein schon der Name Angermeier
verrückt.

"Umgehend hat sie sich gleich darauf scheiden lassen. Das hat die Familie erlauben müssen – und der Polizist Angermeier hat dabei einen ganz ordentlichen
Schnitt gemacht!"

"Sie hätte ja wieder ihren Mädchennamen annehmen können?"

"Ja, aber das hat ihre Familie verhindert. Das durfte sie nicht. Ob sie wollte oder nicht, sie musste Frau Angermeier bleiben. Sie hätten sie auch nicht noch einmal heiraten lassen, um ihren Namen zu ändern – aber das hat sie sowieso nicht gewollt. Sie ist deinem Edgar treu geblieben."

"Welch eine unvorstellbar grausame Familie!"

"Eine hochwohlgeborene – noch höher als die von deinem Freund Edgar?"

Jetzt hatte sich der Leiser verplappert!

Der Lauter hakte sofort nach.

"Woher weißt du, dass auch mein Freund Edgar von Adel war?"

Jetzt wurde der Leiser störrisch.

"Weiß ich gar nicht. Hab's halt vermutet. Und mag auch nicht mehr drüber reden. Man darf die Angermeier doch nicht ewig durch den Dreck ziehen. Hättst sie halt weggemacht, dann wär' sie jetzt bei deinem Edgar im Himmel und hätt' ihre ewige Ruh'!"

Von da an misstraute der Lauter dem Leiser und seiner Freundschaft.

Was aber sollte der Lauter mit dem Brief an die Dulcinea machen? Konnte er ihn denn einfach in einen Briefumschlag stecken, an die Frau Angermeier adressieren – ohne Absender natürlich? Denn da und nirgendwo anders gehörte er doch hin!? So hätte sein Freund es doch gewünscht. Lauter tat es dann auch. Eine Antwort erfolgte nicht. Er erwartete auch keine.

Blatt für Blatt las er die nächsten Tage Edgars langen, an ihn gerichteten Brief.

Mein lieber guter Leo,

wie unergründlich ist der Mensch – und sich selber ein Rätsel! Seit der Pubertät bin ich meinem eigenen Geschlecht verfallen und schäme, ja, hasse mich dafür.

Du weißt, ich bin – wie man früher sagte – der natürliche Sohn eines Vaters mit stolzem Namen. Früh hat man mich meiner Mutter weggenommen, anfangs bei Nonnen untergebracht, später in einem Internat erzogen, ebenfalls unter geistlicher Führung. Die Patres waren allesamt hochgebildet, verständnisvoll, lieb. Einige waren fast zu lieb. Nun ja.

Man machte dort Abitur, konnte aber nebenbei fast alles lernen, was man sich, anstatt zu studieren, als zukünftigen Handwerksberuf vorstellen mochte:

Schreiner, Maurer, Gärtner, Bildhauer, Maler, Lehrer etcetera – nur eines nicht: Koch. Gerade das aber wollte ich unbedingt werden. Man erlaubte mir daher, in der Großküche zu praktizieren. In kurzer Zeit war ich der Protegé des Chefkochs. Er schenkte mir sogar eine Kochmütze. Mit aller Kraft förderte er meine Leidenschaft für seinen Beruf. Als ich siebzehn war, wandte er sich an den Direktor des Internats. Er könne mir nichts mehr beibringen und ich gehöre unbedingt in die Hand eines Meisterkochs. Mein adeliger Vater, der meine Fortschritte still, doch mit großer Anteilnahme verfolgte, sorgte ohne Zögern dafür, dass ich in Frankreich bei einer allerersten Adresse eine Lehrstelle bekam. Übrigens nicht in Paris, das kam später. Ich lernte nach Herzenslust kochen, obwohl mir nichts geschenkt wurde, das hatte mein Vater zur Bedingung gemacht. Ich wäre auch nie ein guter Koch geworden, hätte ich nicht von der Pike auf als Lehrjunge gedient.

Mit 25 ungefähr war ich so weit, dass ich auf eigenen Füßen hätte stehen können. Ich hätte gern selber ein Speiselokal geführt, hatte aber natürlich nicht das dafür nötige Kapital. So wollte ich mich erst einmal verdingen. Meine Verbindungen hätten mir leicht zu einer erstklassigen Stelle verholfen. Da griff mein Vater ein. Er lockte: "Du kannst ja noch ein Studium beginnen – ich finanziere alles, was immer dich interessiert."

Und wozu war ich dann Koch geworden?

Um es kurz zu machen: ich wurde der Kochsklave meines väterlichen Hauses – mit dem Privileg, was immer ich studieren wollte, nebenbei ausgiebig studieren zu können, was damals noch überall ohne Einschränkung möglich war. Mein Vater hatte mich durchschaut: mir fielen unentwegt Dinge ein, über die ich bis aufs i-Tüpfelchen genau Bescheid wissen wollte. Ich wurde ein ewiger Student, hörte mit dem Rumstudieren in den verschiedensten Fächern einfach nicht mehr auf, schloss auch einige mit Prüfungen ab. Ich brachte genügend Sachverstand, Fleiß und Wissensdurst mit und wusste seit meiner Internatszeit: in der Wissenschaft darf man nicht rumlumpen – sonst fliegt man! Zuletzt fand ich dann meine endgültige Passion in der Dendrologie – zur Genugtuung meines Vaters. Sie wurde mein zweites Bein.

Mich interessierte weniger die Forstwirtschaft, die sich vor allem ihrer Nutzbarkeit wegen um Bäume und Wälder kümmert. Und schon gar nicht die baumfeindliche, holzverarbeitende Industrie.

Nein, mein Anliegen war, wie soll ich's nennen, eine Passion. Für alles, was

Baum ist. Eigentlich war es noch mehr: ein Kult. Ein Kult um diese erhabenen Baumgeschöpfe. Ehrerbietung, Baum-Frömmigkeit – mehr als für alles andere, was wächst, blüht und gedeiht in Gärten, Parks, Wäldern überall auf der Welt. Ehrfurcht vor ihrer unbeschreiblichen Artenvielfalt, Vielgestalt, Lebenskraft, die manchen Bäumen, wenn man sie lässt, ein ehrwürdiges Jahrhunderte-Alter schenkt. Und ich litt darunter, wie man die überseeischen Baumparadiese zerstört.

Nebenher bekochte ich weiterhin meine Familie bei bestimmten Anlässen: Geburtstagsfeiern, Jahresfesten wie Weihnachten und Ostern, Trauerfeiern bei Todesfällen – und erdachte mir immer einen jeweils angemessenen Rahmen mitsamt ein paar kleinen, hübschen Überraschungen.

Dann begegnete ich eines Tages, bei einer wieder einmal von mir in Szene gesetzten Festivität, der schönsten Frau, die ich jemals erblickt hatte: Dulcinea. So will ich sie weiterhin nennen.

Bis dahin hatte ich nur Männer im Bett und nie auch nur einen Blick für Frauen übrig gehabt. Die Dendrologie, vorwiegend in der Holzwirtschaft beheimatet, einem rein männlichen Arbeitsfeld – ist das ideale Jagdgebiet für einen Homo. Wie aber ertrug die Familie meine – doch einigermaßen anrüchige – sexuelle Vorliebe, ohne je dagegen zu protestieren? Vermutlich, weil ich dadurch nie in Versuchung kam, eine Familie zu gründen? Kinder in die Welt zu setzen? Mich und meine problematische, illegitime Existenz fortzupflanzen?

Aber ich, ich hatte immer darunter gelitten, ein Homo zu sein. Der Engel Dulcinea erlöste mich davon. Gerade das aber registrierten unsre Familien – meine und noch mehr die ihre, die ranghöhere – mit größtem Missfallen. Die hochadlige Dulcinea, verehelicht mit mir: das konnte ihre so überaus edle Familie niemals dulden. Denn sie würde natürlich durch die von mir gezeugten Mischlinge genetisch verunreinigt, ja, verseucht! Und auch meine Familie fragte sich: War das der Dank für die Toleranz und Liberalität, die man mir bislang bewiesen hatte? Man sprach sich mit Dulcineas Angehörigen ab. Von mir erwartete man Dankbarkeit, unbedingten Gehorsam und wortlose Unterwerfung.

Und es war nicht zu spät, um einzugreifen, da man noch rechtzeitig bemerkte, Dulcinea war schwanger. Man verheiratete sie auf der Stelle und legte sich insgeheim in aller Eile eine Strategie zurecht. Einen Platz auf ihrem erhabenen Stammbaum würde es für mein und Dulcineas Kind natürlich nicht geben! Am besten würde man das kleine Zweiglein gleich nach der Geburt ausrupfen. So ähnlich geschah es denn auch. Bei ihrer Entbindung kam ihnen dann auch noch ein irrsinniger Zufall zu Hilfe: ein totgeborenes Kind war gerade zum richtigen Zeitpunkt zur Hand! Als die Mutter aus der Narkose erwachte, die Arzt und Hebamme das Handwerk erleichterte und der Mutter die Schmerzen ertragen half, zeigte man ihr, die noch kaum bei Sinnen war, ganz von fern ihren angeblich schon in ihrem Leib abgestorbenen und mit einer Geburtszange geholten Sohn.

Sie erfuhr nie, dass sie in Wirklichkeit einem gesunden Kind das Leben geschenkt hatte. Man gab es – unter absolutem Schweigegebot – den Eltern des totgeborenen Kindes zur Pflege, – verbunden mit einem wahrscheinlich so hohen Entgelt, dass sie einfach einverstanden sein mussten. Sie sollten – das war die Bedingung – das Kind für ihr eigenes ausgeben, buchhalterisch wurde das angeblich angemessen geregelt. Für ihr Schweigen wurden sie dann Jahr um Jahr weiterbezahlt.

Ihren Ehemann zog man natürlich nicht ins Vertrauen, zeigte ihm nur das tote Kind. Er musste also nicht, wie er befürchtet hatte, ein fremdes Balg großziehen. Darüber war er natürlich froh. Entsprechend entschädigt zog er nach umgehend eingereichter Scheidung friedlich von dannen.

Auch ich, der Vater, erfuhr von dem hinterhältigen Treiben erst viele Jahre später. Meine eigene Familie hinterging mich scheinheilig sogar bis zuletzt. Ich lernte daraus, keinem von ihnen mehr zu vertrauen. Auch nicht meinem Vater. Viele Jahre überließ er mich ungetröstet meinem Kummer, wollte nicht damit behelligt werden, wich mir aus, Ich fand aber Mittel und Wege, Dulcineas Sippschaft auf die Schliche zu kommen. Es dauerte allerdings Jahre, bis ich mir sicher war: ich habe einen Sohn, der irgendwo auf dem Land, in Niederbayern, von einfachen Leuten großgezogen wird. Bis ich die ausfindig gemacht hatte, verging noch einmal viel Zeit.

Der Knabe war sichtlich gediehen, und da ich niemals versucht hatte, ihn auszuspionieren, wiegte sich Dulcineas Familie allmählich in Sicherheit, Man hielt die Ersatzeltern nach und nach weniger strikt unter Beobachtung. So konnte ich unbemerkt ab und zu ein paar Urlaubstage in dem Ort verbringen. Damals vermieteten die Einheimischen noch ihre einfachen Zimmer, ("Bett und Frühstück"). Nach und nach bekam ich heraus, dass seine angeblichen Eltern einfache, freundliche, rechtschaffene Menschen waren.

Mit meiner geliebten Dulcinea, die ich nur ganz selten, bei besonderen An-

lässen und dann auch nur aus der Ferne sah, vollzog sich in den ersten Jahren nach unsrer Trennung eine erstaunliche, nein, eine beklagenswerte Veränderung. Sie – die Anmut in Person, eine gertenschlanke Gestalt – wurde dick, korpulent. Nur ihr Gesicht behielt seine unvergleichliche Schönheit. Ich konnte es mir nicht anders erklären: das Leid ihrer Seele verunstaltete gleichsam aus Protest ihren Leib, es konnte keine andere Ursache geben als dies tiefe Leid um unsren verlorenen Sohn – und wohl auch um unsere verlorene Liebe.

Was hätte sie erst empfunden, wenn sie gewusst hätte: er lebt – aber er leidet, unheilbar. Ich erfuhr es durch den Ortspfarrer: mein Sohn ist Autist. Jetzt ein bildschöner Jüngling, der unansprechbar in seiner eigenen Welt lebt, der die Gefühle andrer Menschen nicht mitfühlen kann, der vielleicht auch selbst keine Gefühle hat? – und der möglicherweise einer der wenigen Genies ist, die der Autismus manchmal, selten, hervorbringt ...

Diesem Geistlichen hatte ich mich jahrelang vorsichtig genähert: ein Architektur-Liebhaber, der seine mit allerlei Kunstschätzen gesegnete kleine Dorfkirche liebte und dankbar war, wenn man ebenfalls ein Auge dafür hatte und gerne darüber ins Gespräch mit ihm kam. Jedesmal, wenn ich in seiner Sonntagsmesse auftauchte, begrüßte er mich anschließend herzlich und nach einigen Jahren lud er mich sogar ins Pfarrhaus zum Schweinsbraten mit Knödeln ein. Da schämte ich mich denn für die Herzlichkeit und Gastfreundschaft, die ich missbrauchte. Ich erleichterte mein Gewissen und zog ihn ins Vertrauen. Bereuen musste ich es nie! Er war ein grundgütiger Mensch, voller Verständnis, und außerdem (ein Landpfarrer!) ein hochgelehrter Theologe. Mit äußerster Vorsicht nahm er nach meinem Geständnis Kontakt mit den Pflegeeltern auf, und mit noch mehr Behutsamkeit versuchte er, sich eine wortlose Brücke zu dem Jungen zu bauen. Der Heilige Geist stand Hochwürden bei: eines Sonntags fand er ihn nach dem Gottesdienst, als die Kirche sich vollständig geleert hatte, hoch oben auf der Orgelempore, wie er auf dem vom Mesner ausgeschalteten Instrument tonlos herumklimperte. Der Pfarrer sprach kein Wort, bedeutete ihm nur stumm, er werde die Orgel wieder einschalten für ihn, er solle nur sitzenbleiben und spielen. Er zog noch ein paar Register und dann erlebte er ein Wunder: der Junge k o n n t e spielen, zuerst nur eine Melodie mit dem Zeigefinger, dann gleich beidhändig. Natürlich nicht gleich eine Bach-Toccata, aber immerhin das Kirchenlied, das sie vorhin zum Schluss der Sonntagsmesse gesungen hatten, nur nach dem Gehör – auswendig. Der Musik und Gesang liebende Pfarrer stimmte mit lauter Stimme ein, er hatte einen warmen, wohl-klingenden Bariton, und sang die vielen Verse, einen um den andren, bis zum Schluss, immer leidenschaftlicher begleitet von dem Organisten. Der dröhnte ihm noch einen Rausschmeißer ins Ohr, dass dem Pfarrer Hören und Sehen verging – dann stand er auf, ließ den Pfarrer, ohne sich zu verabschieden, ein-fach stehen und ging.

Von da an wusste der Pfarrer, wie er sich mit dem Autisten würde verstän-digen können: durch die Musik – beziehungsweise durch ein Musik-Instrument. Er rief mich noch am gleichen Tag an und wir berieten, wie er weiter mit dem Jungen in Kontakt bleiben könnte. Ich besorgte in einem großen Musikalien-geschäft eine Mundharmonika. Es gibt erstaunlich viele Sorten und Arten und das sowohl zu geringen, als auch zu sehr hohen Preisen – weit über tausend Euro. Ich, ein absoluter Mundharmonika-Laie, musste mich erst kundig ma-chen, ob eine diatonische, ob eine chromatische – und welche Anleitungen es dafür gab..

"Überlassen Sie das Ihrem Sohn, der soll es für sich ausprobieren, der braucht keinen Lehrer", sagte der Pfarrer. Ich rätselte, wie er ihm das Instrument wohl aushändigen würde. Er reagierte ja auf keinen Zuspruch, duldete keine Berührung, schaute niemand in die Augen, ließ sich auf niemand ein – schon gar nicht auf einen Fremden. Seine Ersatzeltern hielten ihn wohl mit Recht für geistig behindert. Er hatte die Dorfschule absolviert, manchmal kam er zum Unterricht, manchmal nicht, ohne sich je daran zu beteiligen – aber auch, ohne jemals zu stören, unangenehm aufzufallen. Auf ärztlichen Rat hin ließ man ihn allseits in Ruhe. Selbst die Dorfjugend respektierte ihn. Sie wuchsen ja alle gemeinsam auf. Alljährlich holten sie ihn zu ihrem Sonnwendfeuer, sie versuchten sogar, ihm Schwimmen beizubringen im Dorfteich, aber der ist so gefährlich tief, da bekamen die Eltern Angst und verboten es. Trotzdem, er war und blieb einer von ihnen.

Mit der Mundharmonika machte es sich der Pfarrer einfach: er ließ das Instrument durch die Mutter ins Zimmer des Sohnes schmuggeln und wartete ab. Schon wenig später, an einem Sonntag in der Messe wurde er überrascht. Als das erste, nur allzu vielstrophige Kirchenlied angestimmt werden sollte, erklang zur Orgelbegleitung auch noch die Mundharmonika. Total überrascht hörten die Leute auf mit dem Singen – man hörte nur noch ein paar dünne Altweiberstimmchen. Erst beim zweiten Vers hatte sich seine sonst nicht allzu sangesfrohe Gemeinde gefasst und sang wieder mit. Ja, es schien dem Pfarrer sogar, sie verlege sich plötzlich mit doppelter Kraft aufs Singen. Gegen die Mundharmonika gab es nicht den geringsten Protest.

Ich habe meinem Sohn dann das Edelste, was es an Muhas gibt, schicken lassen – einfach durch die Post und ohne Erklärung. Außer einem Testament, in dem ich ihn sichern will für die Zukunft (wovon er nichts weiß), ist sie alles, was ich ihm hinterlasse. Er hat auch gar nicht lange gefragt, hat sie in die Hand genommen und darauf gespielt.

Seither begleitet er allsonntäglich mit dieser Muha (so nennen die Spieler ihr Instrument) den Gemeindegesang. Jedesmal gibt er nach dem Schlusssegen noch eine kurze Zugabe: drei Minuten Klassik sozusagen. Woher er das hat? Noten kennt er nicht – solche Musik kann er nur im Radio gehört haben. Seine Motive nimmt er mal aus einer Klavier- oder Violinsonate, mal ein Thema aus einem Streichquartett oder aus einer Sinfonie, mal auch etwas Modernes. Es sind immer nur ein paar Takte, die er zitiert, variiert, umspielt, sich "zurecht-komponiert". Und alle, alle hören ihm andächtig zu, nie steht einer auf und verlässt, ehe der letzte Ton verklingt, die Kirche. Erst trauten die Leute sich nicht, bis der Pfarrer selbst zu klatschen anfing. Und jetzt klatscht die ganze Gemeinde – voller Begeisterung.

So ist mein behinderter Sohn, der Dorfdepp, zum niederbayrischen Orpheus geworden.

Und jetzt zu uns beiden, zu dir und zu mir.

Du warst mir fast zwei Jahrzehnte ein wunderbarer Kamerad, Leo. Dafür danke ich dir. Ich war dir immer treu – dir, aber auch meiner Dulcinea. Ich habe dich ihretwegen nicht weniger geliebt, bin dein Geliebter gewesen so gut ich konnte.

Und nun habe ich eine große Bitte an dich: Ich wünsche mir, dass du eines Tages meine Dulcinea und unseren Sohn zusammenbringst. Wie, wo und wann muss ich dir überlassen. Es darf kein Schock für meinen Sohn sein. Es könnte ihn unvorstellbar schlimm, bis zur Todesgefahr, traumatisieren. Ich lade dir also viel Verantwortung auf. Aber diese beiden Menschen dürfen einfach nicht unerlöst bis zuletzt in ihrem Unglück verharren, ohne sich jemals zu umarmen.

Danke für deine Treue! Ich weiß, du wirst meinen Wunsch erfüllen. Ich schaue dir vom Himmel aus zu, wohin ich als gut katholischer Christ in Bälde zu gelangen hoffe. Grüße Hochwürden von mir, meinen Dorfpfarrer, der mir *ein so großartiger Helfer war.*

Ich umarme dich. Verliebe dich nie in ein weibliches Wesen, bleibe ein Homo, das bringt weniger Herzschmerz, wie unsere langjährige, ungetrübte Partnerschaft beweist.

Auf ewig – in Liebe – Dein treuer Edgar.

Fassungslos legte der Lauter das Briefbündel weg. "Auf ewig? – in Liebe? – dein treuer Edgar?" Schöne Worte! Sie taten unendlich weh.

"Was war ich für dich? Dein Geliebter? Oder bloß dein Kamerad? Nie war Homosexualität bei uns ein Thema. Wir lebten sie ja – was sollten wir auch noch darüber reden? In Wirklichkeit warst du also ein unfreiwilliger Homo? – Hast, so oft und so gut es ging, deine falsche Natur unterdrückt, um sie überhaupt ertragen zu können? Daher die vielen Reisen zu dendrologischen Kongressen, die Exkursionen in entlegenste Urwälder. Die unzähligen Familienfeste, die das Kalenderjahr wie eine Perlenkette durchzogen, Höhepunkte durch deine Kochkunst, ausgeschmückt und extra ein wenig verlängert mit einem erlesenen Rahmen-Programm. Das waren alles Termine, Edgar, die dir erlaubten, mir, deinem Lebensgefährten, tage-, wochen-, manchmal monatelang auszuweichen. Und – ob in weiter Ferne oder in meiner Nähe – immer warst du mit den Gedanken bei deiner wahren Geliebten, bei Dulcinea ... Ich hatte nicht die geringste Ahnung, meinte die ganze Zeit, wir seien ein glückliches Paar!

Wenn ich über uns nachdachte, über deine und meine Rolle, dann sah ich mich wohl eher als 'weibliches' Element: stets ein wenig dazwischen, ambivalent, irgendwie schwebend, nicht so festgelegt, nicht so eingeschworen auf mein Geschlecht, eher unbestimmt, ein wenig verspielt, feminin halt. Ich hatte nie ein Problem damit, nur immer dein Anhängsel zu sein, Edgar. Du warst der Dominante, wusstest immer genau, wer du warst: ein Mann! hattest nie diese seltsame, unbezähmbare Lust, wie ich, der ich immer in mir herumkramen und herausfinden wollte, was sich da alles in meinem Innern versteckt. Kamst nie in Erklärungsnot, lehntest alles Uneindeutige, Dazwischenliegende, Halbe ab. Ein Mann! Und nichts als ein Mann! Ungeteilt. Ohne die geringste Abweichung.

Liebster Edgar, ich will es einfach nicht wahrhaben: war unsere Ehe wirklich nur eine Lüge, eine Täuschung, eine Schein-Ehe? Und manchmal nicht doch Lust, Hingabe, Liebe? Oder habe ich dir die ganzen Jahre immer nur deine geliebte Dulcinea ersetzt? Und soll jetzt auch noch euren Sohn suchen und finden? Edgar, das alles muss *ich* jetzt schlucken?

Nun gut. Die schöne, schlanke Dulcinea war *dein* Geheimnis – wer aber ist *meines ?*– denn auch ich habe eins. Ha! Es ist die schöne, dicke Angermeierin! Du kennst sie nicht? Oh doch! Du kennst sie sehr wohl!

Denn diese beiden: deine süße, junge Dulcinea, in die *du dich* vor vielen Jahren verliebt hast – und meine schöne, reife Angermeierin, in die *ich* heute verliebt bin – sie sind ein und dieselbe Person! Einst vertrat ich *ihre* Stelle bei dir – jetzt vertrete ich *deine* Stelle bei ihr!

Wo du auch seist, Edgar – jetzt hast auch *du* etwas zu schlucken!"

Aber war das ein Trost?

Während der Verwindungen und Verwicklungen seines derzeitigen Schicksals hatte er sich so weit von sich selber entfernt, dass er sich, wenn er in den Spiegel schaute, kaum wiedererkannte.

"Stop!" sagte er. "Heimsuchungen sind das, die hören gar nicht mehr auf! Jetzt muss eine Weile Schluss damit sein. Ich weiß jetzt, es gibt nichts Vollkommenes auf dieser Welt. Schon gar keine vollkommene Liebe. Die gibt's nicht, von der träumt man höchstens.

Ich gehe drei Wochen in Kur – auf eigene Rechnung, darauf kommt's mir jetzt auch nicht mehr an – suche mir ein anständiges Vier-Sterne-Hotel, betreibe Wellness, lasse mich massieren, nehme Schönheitsbäder, kiffe ab und zu ein wenig, verführe ein Stubenmädel und gleichzeitig eine Millionärsgattin, die man beide hernach leicht wieder loswird. Mit einem Mann fange ich auf keinen Fall was an, das könnte Probleme geben. Es müsste mit dem Teufel zugehen, wenn ich nach Absolvierung dieses dreiwöchigen Programms nicht mehr dies traurig verwitterte Gestell wäre, das mich hier aus dem Spiegel anschaut, sondern wieder ein Mann von Statur!"

Es herrschte dann strahlendes Wetter, das Hotel war exzellent, der Himmel blau, die Spitzen der Berge und die Wolken darüber waren weiß, die Wiesen grün. Es fehlte an nichts. Nach drei Tagen verließ der Lauter fluchtartig sein Asyl. Er hatte keine einzige gute Stunde gehabt.

"Man kann nicht davonlaufen vor sich selbst."

Aber wie sollte er je Dulcineas und Edgars Sohn finden, von dem er weder den Vornamen kannte, noch den Namen seiner Pflegeeltern – und schon gar nicht den niederbayrischen Ort, wo er lebte? Auch wie der dortige Pfarrer hieß – all das hatte Edgar, so schien es, absichtlich verschwiegen. Das war das Problem.

"Wenigstens weiß ich, dass der Ort in Niederbayern liegt. Niederbayern, das sind doch nur ein paar Quadratkilometer. Herrgott, da muss dieser Junge doch ausfindig zu machen sein!"

Von wegen ein paar Quadratkilometer! Das Bayerische Landesamt für Statistik wusste es besser:

In Niederbayern lebten ungefähr 1 200 000 Menschen auf rund 1 030 000 Hektar – grob geschätzt stand also jedem – Mann, Frau, Kind – knapp 1 Hektar zu.

Zog man allerdings die Äcker, Wiesen und Weiden, die Wälder, Hügel, Seen und fließenden Gewässer, die Haupt- und Nebenstraßen in Betracht, wieviel an Fläche zum Wohnen mochte dem Einzelnen da noch übrigbleiben? Wahrscheinlich wohnte Edgars Sohn in einem ganz kleinen Haus mit ganz wenig Grund drumherum bei ganz einfachen Menschen. Vergleichbare Kleinfamilien musste es zu Tausenden geben in Niederbayern – und nur ein Ameisenheer von Helfern könnte auf der Suche nach Edgars Sohn ihn möglicherweise rein zufällig ausfindig machen. Lauer erwog vielerlei, wie er ein solches Heer von Helfern auf die Beine stellen sollte – und entwarf eine Menge nicht zu verwirklichender Ideen. Schließlich beließ er es beim bloßen Vorsatz.

Da er irgendwann nicht mehr ohne eine anteilnehmende Seele auskam, wandte er sich endlich doch wieder an den Leiser, um ihm sein Herz auszuschütten.

"Leiser", sagte er, "die Angermeier hat einen Sohn. Einen lebendigen. Hättest du das gedacht?"

"Gedacht vielleicht nicht, aber ich hab's ja die ganze Zeit schon gewusst!"

Dieser Miesling, der Leiser!

Von dem würde er keine weitere Silbe erfahren. Man konnte ja sehen, wie der Leiser mit seinem Wissen, das er dem Lauter voraushatte, vor sich hin triumphierte.

Wie viele kreative Menschen – und ein solcher war er – kämpfte der Lauter unentwegt mit sich selbst. Was immer er geleistet hatte in seinem Fach, sobald es fertig war, mäkelte er dran herum, quengelte, verbesserte, verwarf, fing von vorne an, dachte: Jetzt hab ich's! Großartig! – und dann musste man ihm das Produkt, bevor er es löschte, buchstäblich mit Gewalt entringen. Nicht anders verfuhr er auch privat, wenn er etwas entscheiden sollte, zum Beispiel wohin im Urlaub? Dann fuhr er – im Geist – erst einmal in alle vier Himmelsrichtungen davon und blieb am Ende zuhaus. Oder umgekehrt: mitten in einer hektischen Werbekampagne rauschte er einmal ab in die USA, an die weit entfernte Westküste – und kehrte binnen Tagen zurück, voll neuer Ideen. Ein Verrückter!

Und erst, wenn er – sehr selten – einmal zugeben musste, es sei ihm ein Fehler unterlaufen, dann befiel ihn tief gekränkt eine suizidale Anwandlung - oder er schmiss alles hin und verschwand für eine Weile. Auch vor dem Leiser kapitulierte er, hielt sich beleidigt erst einmal von ihm fern und fuhr am Ende mutterseelenallein und vollkommen planlos nach Niederbayern, "in die Pampa".

Er landete in der Domstadt Passau und schlug sofort den Weg nach St. Stephan ein – ein gewaltiger *Dom, barock*, "mit gotischer Seele". Er setzte sich in eine Kirchenbank und schaute, schaute, schaute – hingerissen, andächtig. Für einen Augenblick vergaß er all seine Sorgen und besonders sich selbst. Dann läutete sein Handy, er eilte nach draußen. Es war der Leiser.

"Wo bist du denn? Ich habe jeden Tag auf dich gewartet?"

"In Passau – aber eigentlich will ich aufs Land. Ich muss den Angermeier-Sohn suchen."

"Du bist mir vielleicht ein Spinner! Und jetzt wartest du, bis ich bei dir bin, dann suchen wir ihn miteinander – den Buben."

"Weißt du was", sagte der Leiser, nachdem sie sich erst einmal stürmisch zur Begrüßung umarmt hatten, "wir machen uns jetzt eine schöne Zeit neben dem Suchen her!"

Es war das reinste Wiedersehensfest, als der Leiser in Passau eintraf!

Der Lauter war vollkommen überwältigt: hatte er doch dem Leiser schwer Unrecht getan, ihn der Falschheit verdächtigt, ihm Verachtung geschworen. Dabei erwies sich der Leiser nun wieder einmal als anständiger Mensch, eine wirklich treue Seele. Außerdem war er, im Besitz eines Führerscheins, mit seinem Auto gekommen. Der Lauter hingegen war bei seiner Fahrprüfung zweimal erfolglos geblieben, hatte es auch beim dritten Mal nicht geschafft und dem Schein dann für immer entsagt. Umso mehr freute er sich jetzt auf allerlei Spazierfahrten mit Leisers Auto bis hin zum berühmten Bayrischen Wald und kreuz und quer durch ihn hindurch. Der Leiser hatte jedoch den Karren, einen uralten VW, nur zum Transport von zwei ausgesucht stabilen Fahrrädern gebraucht.

Seiner ganzen Überredungskunst bedurfte es, bis der fußfaule Lauter sich bereitfand, in den kommenden Tagen Niederbayern weder mit dem Auto zu befahren, noch mit den Beinen zu erwandern (Gott bewahre!), sondern mit einem Fahrrad über Berge und Täler, durch Wiesen und Wälder zu strampeln. Leiser malte es ihm in den schönsten Farben, mit den verlockendsten Genüssen aus:

"Was meinst du, wir essen gut, trinken gut, schlafen gut, betrachten beim Radeln die schöne Gegend – und dabei halten wir natürlich ununterbrochen Ausschau nach diesem Sohn. Mit dem Fahrrad ist man ja zehnmal beweglicher als mit dem Auto. Man kommt in jede Ecke, auf die Berge genau so gut hoch wie runter, runter sogar noch besser. Das wirst du schon sehen und gar nicht genug davon kriegen."

Der Lauter jammerte dann noch: "In meinem Alter!" Aber es half nichts, der Leiser hatte das Auto irgendwo geparkt – und angeblich vergessen, wo genau; irgendwann würde es ihm später schon wieder einfallen. Das war eine derart freche Lüge, dass der Lauter von vornherein nicht dagegen an-argumentierte, es lohnte sich nicht – und streiten war sowieso nicht seine Art.

Schon am zweiten Radl-Tag stellte sich dann beim Lauter eine solche Begeisterung und Rennlust ein, dass auch der Leiser nicht anders konnte als mit dem Lauter auf Nebenstrecken und selbst auf gelegentlich verkehrsarmen Hauptstraßen ihr tägliches Wettrennen zu veranstalten. So rasten denn die beiden ein paar Tage lang immer mal wieder wie die Verrückten nebeneinander her, als gelte es, die Tour de France zu gewinnen.

Dann aber fasste der Leiser, der eigentliche Reiseleiter, ihr wahres Reiseziel wieder scharf ins Auge, das sie ein paar Tage vor lauter Rennradeln fast daraus verloren hatten.

"Wir müssen jetzt ernsthaft Kirchturm um Kirchturm ab-arbeiten, irgendwie dieses Niederbayern durch- und durchkriegen von vorn bis hinten und von hinten bis vorn! Und ich weiß auch schon wie! Du bist vielleicht ein Reklame-Genie, ich dagegen bin hervorragend in der Geographie mit meinem Gespür. Für den Buben weist uns die Mundharmonika den Weg! Daran hast du noch gar nicht gedacht? Die Mundharmonika in der Sonntagsmesse, das hat es noch nie und nirgends gegeben, das spricht sich herum, jedenfalls hier, in Bayern, bei uns!"

Doch in keiner der befragten Pfarreien hatte jemals ein Jüngling mit seiner Mundharmonika den Gemeindegesang begleitet und nach dem geistlichen Schluss-Segen noch, alle mitreißend, virtuos, einen musikalischen Rausschmeißer drangehängt. Vielleicht hätte das den meisten niederbayerischen Kleinbauern und Arbeitern auch gar nicht so recht gepasst, freuten sie sich doch der ersten Maß im Wirtshaus nebenan entgegen, oder ihrem Sonntagsbraten zuhaus, und sie hätten nur ungern nochmals minutenlang für ein bissl Musik ausgeharrt.

Der Lauter und der Leiser sahen sich nach und nach fast in ganz Niederbayern um – nur zufällig gerade nicht in dem Ort, wo der Gesuchte daheim war. Der dortige Pfarrer half der Verschwiegenheit vielleicht auch ein bisschen nach, indem er seine Schäfchen zum Mundhalten anhielt. Denn er kannte nur ein einziges Ziel: diesen Jungen zu schützen.

Nicht ahnend, dass er vom Leiser in die Irre geführt wurde, fühlte sich der Lauter immer mehr von Herzen wohl in Leisers Gesellschaft, der das Reise- und Besuchsprogramm des nächsten Tages bestimmte, dem Lauter damit alle Entscheidungen abnahm und so den ewig Unschlüssigen pfleglich von Ort zu Ort weiterdirigierte. Der Leiser wusste auch, wie man mit den beklagenswert wenigen, noch auf ihren Pfarrstellen verbliebenen Geistlichen umgehen musste, die schwer unter dem mangelnden Nachwuchs geeigneter Kollegen litten. Er fand die angemessene Anrede, den richtigen Ton; meist wurde ihnen auch von der Haushälterin mit einer Tasse Kaffee aufgewartet. Das alles war der Verdienst vom Leiser! So hatte er in einer gewiss nicht von allem Anfang an unproblematischen Beziehung endlich die ihm gemäße Rolle gefunden: er war, wenn's erlaubt ist, zum Sancho Pansa seines Don Quichote geworden.

Der Leiser ließ sich auch nicht von der bisherigen Erfolglosigkeit zermürben.

"Man tut sich ja verdammt hart mit diesen unglaublich vielen niederbayerischen Pfarrämtern und Kirchen, wo auch immer dieser Bursche sonntags sein Wesen treibt mit seiner Mundharmonika!"

"Aber Leiser, wir haben doch höchstens bei zehn, fünfzehn Pfarrern vorgesprochen bis jetzt. Das ist doch noch gar nichts!"

An einem der Sonntage sagte der Leiser:

"Weißt du was, Lauter, du bist ja ein Heide, dir macht das nichts aus. Mir aber gefällt nicht, wie wir von Kirche zu Kirche rennen, nicht um zu beten und Gott zu preisen, sondern bloß, um nur immer nach diesem Burschen zu fragen. Ich glaube einfach, wir müssten jetzt einmal den Heiligen Geist anrufen, – im nächsten Kircherl ganz in der Nähe. Aber wir fragen jetzt extra nicht, ob hier vielleicht irgendeinem Menschen etwas von diesem Mundharmonika-Buben zu Ohren gekommen ist. Sonst verderben wir's uns mit dem Heiligen Geist. Zur rechten Zeit werden wir schon erfahren, wo der junge Mann zu finden ist. Ich spür's: irgendwann widerfährt uns ein Wunder, wir müssen einfach Geduld haben."

Sie gingen also zur Kirche und warteten darauf.

An diesem Sonntagnachmittag betrank sich der Lauter sinnlos vor Glück. Irgendwie musste er seinem Jubel doch Luft machen. Der abstinente, völlig verzweifelte Leiser konnte den Lauter nicht daran hindern, sich um seinen letzten Funken Verstand zu saufen.

In der Messe hatte der Pfarrer, woher auch immer er davon Wind bekommen hatte, über ein sogenanntes Mundharmonika-Wunder gepredigt. Das Wunder eines autistischen jungen Mannes, der niemals ein Wort sprach – aber seine ganze Seele, all sein Leid, all sein Glück durch die Töne, Klänge, Akkorde seiner Mundharmonika ausdrückte – womit er Gott lobte, die Menschen mitriss. Und zwar nicht irgendwo in der großen Welt, sondern wunderbarer Weise ganz in der Nähe, jeden Sonntag in der Kirche einer winzigen niederbayerischen Pfarrgemeinde, deren Namen er unverhohlen preisgab. Die Kirchenbesucher hielten diese Predigt für eine sehr hübsche Geschichte und begaben sich anschließend ganz gerührt zum Mittagessen, die einen nach Hause, die andern ins benachbarte Wirtshaus. Der Lauter hingegen schnappte über vor Glück: endlich, endlich wussten sie jetzt, wo Frau Angermeiers so lange gesuchter Sohn aufzufinden war!

Mühsam schleppte der Leiser den schwankenden Lauter am frühen Abend aus dem Lokal. Eigentlich wollten sie zu Fuß zu ihrer Schlafstätte gehen, das Radl nebenher führen, aber der Lauter war nicht zu halten, schwang sich auf seins – und mit Schwung fuhr er gradeswegs, den Kopf voraus, in einen herannahenden Omnibus, der zwar noch bremste, aber den Aufprall nicht mehr verhindern konnte.

Tage und Tage saß Leiser am Bett des Bewusstlosen. Die Ärzte sagten: "Wir wissen nicht, wann er aufwacht – und ob überhaupt."

Daraufhin schrieb der Leiser einen Brief.

Verehrte Frau Angermeier, Sie kennen mich nicht, obgleich ich ganz in Ihrer Nähe viele Jahre eine Fahrradhandlung und Reparaturwerkstatt betrieben habe. Meinen Freund, den Lauter, kennen Sie hingegen sehr wohl, der bei Ihnen das Stricken erlernte. Zur Zeit liegt er hier im Koma nach einem schweren Unfall, und man kann mir nicht sagen, wann und ob er je wieder aufwacht. Der Lauter und ich waren mit dem Fahrrad unterwegs, um einen gewissen jungen Mann zu suchen, der seit seiner Geburt hier in Niederbayern lebt als falsches Kind falscher Eltern – ein Autist.

Da niemand weiß, wie es mit dem Lauter weitergeht, sende ich Ihnen anbei einen Brief – oder mehr einen Entwurf – der wohl für Sie gedacht ist. Der Lauter hat ihn auf dieser mehr oder weniger improvisierten Reise in seinem Rucksack aufbewahrt. Ich fand ihn bei seinen Siebensachen.

Es grüßt Sie ergebenst
Ihr Franz Leiser.

Der Brief lautete:

Geliebte Dulcinea – oder wie immer du heißt, nur nicht "Angermeier",

ich bin derzeit, zusammen mit meinem Freund Leiser (der kein Homo ist und ich bin es auch nicht mehr!) in Niederbayern unterwegs und suche – ja, wen suche ich? Deinen Sohn! Von dem du ja wohl selbst erst seit kurzem weißt, dass es ihn gibt. Dass damals ein Zufall Deiner unseligen Familie die Möglichkeit gab, deinen lebendig geborenen Sohn mit einem totgeborenen Kind zu vertauschen – und schon war man deinen unerwünschten Sohn los.

Man gab ihn zur Pflege dem verwaisten Ehepaar mit. Ob die Pflegeeltern bis heute nicht wissen und es wohl auch nicht wissen wollen, von wem der Bub stammt und wo er eigentlich hingehört? – Seine Ersatzmutter liebt ihn abgöttisch. Dem Pfarrer hat sie angeblich geschworen: "Wer mir den Buben wegnimmt, den bring' ich um!"

Woher weiß ich das? Von Edgar, deinem Geliebten, dem vor kurzem verstorbenen Vater deines Sohnes. Dein Edgar nämlich wurde später mein Edgar

– mein Lebensgefährte. Mir hat er seinen letzten Brief an dich zugesandt hat und ich habe ihn weitergeleitet an dich. So spielt das Leben mit uns und wir mit ihm ...

Lange glaubte auch Edgar an die angebliche Totgeburt. Irgendwann begann er mit Nachforschungen und fand endlich die Wahrheit heraus. Gesehen, von fern, hat er seinen Sohn dann oft – umarmen durfte er ihn nie. Mir trug er auf, ehe er starb, dich und euren Sohn zusammenzubringen. Das will ich auch tun – aber noch weiß ich nicht, wo er überhaupt lebt. Edgar hat es mich nicht wissen lassen.

Geliebteste, ich kenne nicht einmal deinen Vornamen. Wie geht es jetzt mit uns weiter? Wir lieben uns doch! Muss ich dich jetzt mit Edgar teilen?

Der Brief hatte keine Unterschrift, er war ja auch erst ein Entwurf.

Einen Tag später stand die Frau Angermeier auf der Intensivstation an Lauters Bett und flehte, dass man sie still neben ihm sitzen lasse, jeden Tag, so lange, bis er wieder aufwachen werde.

Angesichts ihres Elends, das ihm da jedesmal vor Augen kam, wenn er alle zwei Tage den Patienten besuchte, entschloss sich der Leiser, reinen Tisch zu machen. Schließlich war er der einzige, der alle an diesem Trauerspiel beteiligten Personen – ihre Taten und Untaten – oder mindestens ihre Namen – von Anfang an kannte. Die Frau Angermeier sollte ruhig sehen, nicht nur ihr sei Böses widerfahren, und nicht sie allein, auch andere Menschen hätten schwer dran zu tragen.

"Eine Tasse Kaffee wird Ihnen guttun, Frau Angermeier. Ich lade Sie ein!"

Sie konnte nicht gut nein sagen.

"Ich würde Ihnen gern die Geschichte meiner Schwester, meiner unglücklichen Schwester, erzählen. Darf ich?"

Er merkte natürlich, dass die Frau Angermeier das Schicksal dieser Person, mochte es noch so unglücklich sein, nicht im mindesten interessierte.

"Was niemand weiß außer mir, auch Edgar hat es nicht rausbekommen: die Pflegemutter Ihres Sohnes ist meine Schwester."

Er legte eine lange, rhetorisch wohlberechnete Pause ein.

Entsetzt starrte ihn Frau Angermeier an.

"Darüber müssten Sie eigentlich froh sein. Er ist auf dem Land aufgewachsen, behütet von seinen Pflegeeltern. Ein Autist, ein Behinderter. Keiner hat ihn verspottet, jeder hat ihn angenommen. So ist er eine Art Dorfheiliger geworden. Der ihnen einen besonderen Schutz garantiert hat. Vor Blitzschlag, Überschwemmung, Schneelawinen, einer Epidemie. Sie mussten ihn nur so, wie er war, respektieren: unheilbar. Sprach- und hilflos.

Als der Lauter dann vor vor ein paar Tagen erfuhr, wo Ihr Sohn, den wir seit Wochen suchten, lebt und wohnt und wo wir ihn finden – da hat er sich vor Freude einen solchen Rausch angetrunken, dass er jetzt vielleicht für immer halbtot daliegt in seinem Spitalbett."

Er schwieg. Und er würde auch weiterhin schweigen. So lange würde er schweigen, wie sich diese Frau Angermeier in ihrem eigenen Leid verbarrikadierte und am Schicksal von Leisers Schwester keinerlei Anteil nahm.

Nach wie vor besuchte der Leiser regelmäßig seinen bewusstlosen Freund, dem man zwischenzeitlich den Schädel hatte öffnen müssen; immerhin war er jetzt nicht mehr in Lebensgefahr. Mit der Frau Angermeier wechselte der Leiser in den folgenden Wochen kein Wort, er grüßte nur höflich beim Kommen und Gehn.

Es dauerte lang. Aber irgendwann knickte die Frau Angermeier ein.

"Erzählen Sie mir, was mit Ihrer Schwester passierte."

Und als er keine Miene machte, das wochenlange Schweigen zu beenden, kam noch ein leises "Bitte!"

"Meine Schwester, unser Nachkömmling, war eine wilde Hummel. Wie das heute am Land so ist: am Wochenende haut jeder ab, kennt in der nächsten Stadt einen Club, eine Boazn, eine Disko. Zu meiner Zeit gab's das noch nicht, ich hätte auch gar nicht mitmachen können, musste für meine Familie, der Vater hat ja gesoffen, den Unterhalt herschaffen. Aber die Agath' hatte immer einen Motorradfreund, mal den, mal jenen, der sie in die Stadt mitnahm. Mein Vater, der Säufer – man möcht's nicht glauben! – ist ein sehr religiöser Mensch gewesen. Oder doch eher abergläubisch? Eines Tages legte er das Gelübde ab, mit der Trinkerei aufzuhören. Dagegen haben wir, die Familie, natürlich nichts eingewendet, waren ja heilfroh! Aber dann hat er auch noch gelobt, meine Schwester soll Nonne werden. Ungefragt, einfach so, weil es halt Gott wohlgefällt, wenn ein junges Mädel sich aufopfert. Die Agath' hat nur gelacht und es erst recht wild getrieben, als der Vater ihr den Befehl gab. Er selber hat tatsächlich mit dem Saufen so nach und nach aufgehört. Gleichzeitig hat man der Agath' ansehen können, dass sie es einmal zu weit getrieben hatte, sie war schwanger und bekam einen dicken Bauch. Der Vater hat lang nichts dazu gesagt, aber bös, ganz bös auf die Agath' geblickt, mir wurde manchmal angst und bang. Er wartete ab. Er wartete so lange, bis sie die ersten Wehen bekam. Es wär' gut gewesen, wir hätten sie gleich ins Krankenhaus geschafft. Aber der Vater sagte:

"Nichts da! Die Agath' braucht kein Spital! Nach der Hebamme wird telephoniert."

Die Hebamme wohnte aber ziemlich weit weg, erst im übernächsten Ort – und bei der Agath' ging's jetzt richtig los. Und dann, ehe sie kam, ist es passiert. Die Agath' lag im Bett in ihrer Kammer, stöhnte. Der Vater kommt rein, hat einen ledernen Riemen in der Hand und fällt über sie her. "Ich helf deinem Bankert schon raus!" Und er prügelt, haut ihr mit dem Riemen über den Bauch, immer wieder, hört gar nicht mehr auf – und sie schreit und schreit, aber wir können nicht rein – der Vater hat die Tür abgeschlossen. So hat er nicht die Agath', aber das Kind in ihrem Leib totgeschlagen. Als die Hebamme kam, hat sie sie gleich ins Krankenhaus gefahren, aber da war nichts mehr zu machen. Beinah wär' auch noch die Agath' draufgegangen.

Zum Ersatz für ihr eigenes totgeborenes Kind hat die Agath' dann ein fremdes, lebendiges Baby als ihr eigenes annehmen müssen. Müssen, nicht wollen! Sie hat es mitgenommen und großgezogen bis auf den heutigen Tag. .

Und das Schlimmste: als die Agath' aus der Klinik wieder zu uns nachhaus kam, ist sie auf der Stelle mit dem verheiratet worden, von dem sie schwanger gewesen ist. Damit das Ersatzkind einen Vater hatte. Dass es gar nicht von ihm war, hat niemand erfahren dürfen. Wir mussten uns dann für die Agath' auch nicht mehr schämen. Arme Agath'! Zu dritt sind sie dann fortgezogen, nach Niederbayern, an einen unbekannten Ort. Von uns hat sie nichts mehr wissen wollen. Der Vater kam wegen dem Totprügeln ins Gefängnis. Dort hat er sich eines Tages aufgehängt. Wie es mit der Agath' weiterging, hab' ich zuerst nicht gewusst. Als ich sie dann gesucht und gesucht hab', was hab' ich gefunden? Eine, die mit der allergrößten Liebe das fremde Kind großzog – ihr Ein und Alles! Dass der Bub dann ein Autist wird, dafür können die Pflegeeltern nichts, das liegt an den Genen.

Es hat mir keine Ruhe gelassen, ich hab' so lange weitergefragt und weitergeforscht, bis ich's schließlich herausgekriegt hab', wer die richtige Mutter ist:

Sie, verehrte Frau Angermeier – SIE."

Einige Zeit nach der unehelichen Schwangerschaft war sie unförmig dick geworden. Irgendwann hatte das Schicksal beschlossen, ihr das anzutun. Kein Arzt konnte es ihr erklären. Sie war überzeugt, ihre Korpulenz sei nicht nur mysteriös, sondern mehr als geheimnisvoll, unerklärbar – mystisch. Nirgendwo in ihrem Organismus befand sich ein Organ, das eine so unheimliche Veränderung ihres Umfangs, ihres Gewichtes verursachen konnte. Außer: ihre Seele.

Aber wo, wo in diesem unförmigen Körpers befand ihre Seele sich? Sie wusste natürlich, unzählige große Geister hatten sich das Gleiche gefragt. Aber auch der Weiseste hatte darauf keine Antwort gefunden. Und daher wollte sie nun selber versuchen, ihre Seele ausfindig zu machen – durch Denken, selbst wenn am Ende alle Denkarbeit vergeblich sein würde.

Ihre Seele ließ sie den Ort, wo sie wohnte, natürlich nicht finden. "Du enttäuschst mich, liebe Seele!"

Doch sie fand etwas anderes: das Stricken! Sie strickte allerdings keine Pullover, Mützen, Strümpfe, wo sie sich aufs Zunehmen, Abnehmen und vor allem auf ein Schnittmuster hätte konzentrieren müssen. Sie verlegte sich ausschließlich auf die einfach und immerzu gradeaus gestrickten Schals, allerdings mit der kostbarsten Wolle, in den bezauberndsten Farben und den ausgefallensten Formaten und Mustern. Nicht einer wie der andre – jeder ein Original. Bei dieser Arbeit, womit sie sich von da an ihren Lebensunterhalt verdiente, konnte sie konzentriert nachdenken – über vieles, nicht nur über ihre Seele.

Stricken konnte sie jetzt auch neben dem noch immer bewusstlosen Lauter, der in ein normales Einzelzimmer verlegt worden war.

Aber von dem Tag an, wo der Leiser die letzte Lücke ihrer traurigen Geschichte für sie geschlossen hatte, änderte sich etwas an ihr – seltsamerweise ohne ihr Zutun und ohne dass sie selbst es anfänglich überhaupt bemerkte: sie nahm ab, gewichtsmäßig und damit zusehends an Leibesumfang. Der erste, der sie darauf ansprach, war ein junger Krankenpfleger.

"Wie machen Sie das? Sie werden von Tag zu Tag schlanker?"

"Es ist genau so mysteriös, wie damals, als ich gertenschlank war und dann plötzlich von Tag zu Tag dicker geworden bin. Vielleicht kommt das von meiner Seele. Sie glauben mir nicht?"

"Aber ja doch! Ich hab' schon so viele merkwürdige Dinge in diesem Krankenhaus erlebt! Es gibt immer wieder ein Wunder! Sie zum Beispiel sollten reden mit dem Patienten! Niemand weiß, ob er etwas davon mitbekommt. Aber man redet ja auch mit Tieren, ja, sogar mit Blumen – und die, glaubt man, wachsen dann besser, blühen schöner. Ich bin überzeugt, dass es dem Patienten guttut – und Ihnen auch."

Wenn sie allein mit ihm war, liebkoste sie ihn, streichelte, küsste ihn. Warum hatte sie nicht längst selber daran gedacht, auch mit ihm zu reden?

"Erinnerst du dich an das Märchen von Dornröschen? Ich erzähle es dir, weil du es vielleicht nicht mehr richtig weißt? Es geht so: Es war einmal eine Prinzessin. In einem Schloss geboren, schön und schlank. Die hatte sich nicht an einer Spindel gestochen, sondern in einen Prinzen verliebt. Der war aber leider nur halbwegs, vom Vater her, ein Prinz. Seine Mutter war bloß eine Dienstmagd im Schloss gewesen. Dieser bloß halbate Prinz entsprach also keineswegs ihrem hohen Geblüt. Aber die Prinzessin liebte ihn nun einmal. Und wurde schwanger.

Daraufhin hat man sie schnellstens verheiratet – mit dem Nächstbesten, der grade zur Hand war, einem Polizisten. Von da an war sie keine Prinzessin mehr, sondern eine Frau Angermeier. In diesen Namen hat man sie eingesperrt wie in einen Turm, sie sollte ihn nie mehr und um keinen Preis verlassen. Sie durfte auch nicht wieder ihren Geburtsnamen annehmen, als sie sich nach der Totgeburt ihres Kindes von ihrem Ehemann lossagte. So saß sie denn Jahr um Jahr in diesem Turm, fing an zu stricken und wartete auf ihren Prinzen, ob er vielleicht doch noch käme und sie erlöste. Sie hätte gern – wie Penelope – am nächsten Tag wieder aufgedröselt, was sie am Vortag gestrickt hat, wenn ihr das ihren geliebten Prinzen zurückgebracht hätte. Aber die Jahre kamen und gingen – und eines Tages hat seine Familie der Frau Angermeier mitgeteilt, er sei gestorben. Sie hat ihn bis zu seinem Tod niemals wiedergesehen.

Mein lieber Lauter, du weißt ja: die Prinzessin war ich.

Ich habe niemals gedacht, es könnte mir nochmals das Glück einer neuen Liebe widerfahren. Wie auch? Ich saß vollkommen isoliert in meinem Turm, hatte keine Freunde, keine Bekannten, hatte einfach niemand.

Und dann kamst du.

Du warst zwar der Lebensgefährte meines Prinzen, warst sozusagen mein Stellvertreter gewesen bei ihm – aber das wusste ich ja nicht – und zum Glück wusstest auch du nichts von mir. Sonst wärst du wohl nicht zu mir gekommen – und ich hätte dich nicht zu meinem Strick-Lehrling gemacht. Überhaupt: welch eine verrückte Idee! Aber mir gefiel sie. Und du, mein lieber Lauter, gefielst mir auch. Gottseidank haben wir uns das noch rechtzeitig gesagt, eh wir uns bei der Totenfeier in der Kirche und auf dem Friedhof getroffen und gegenseitig erkannt haben. Seither hast du dich bei mir nicht mehr sehen lassen. Du bist auf die Suche nach meinem Sohn gegangen, von dem ich lange Zeit keine Ahnung hatte, und er hat bis zum heutigen Tag keine Ahnung von mir. Glaube nur ja nicht, dass ich mir jetzt nur eines wünsche: ihn in die Arme zu schließen. Ich kenne ihn doch gar nicht! Wäre es nicht besser, die würde ihn behalten, die ihn voll Liebe gefüttert, gebadet, großgezogen hat. Und die ihn wahrscheinlich auch gar nicht hergeben will – und die auch tausendmal mehr seine Mutter ist, als ich es jemals noch werden kann. Einem Autisten darf man das sowieso nicht antun. Auch sein Vater hat sich ihm nicht genähert – hat sich mit all seiner Liebe zurückgehalten, wollte ihn nicht in Angst und Schrecken versetzen damit – wie man das bei einem Autisten einfach besorgen muss.

Ach, ich rede und rede – und du schläfst. Ach bitte, öffne doch einmal nur deine Augen!

Nun ja, es ist Abend, ich verlasse dich. Bis morgen, mein Ersatz-Allerliebster. Schlaf gut!"

Sie hatte anfangs gedacht: "Was soll ich nur mit ihm reden?"

Aber am nächsten Tag ging es mühelos weiter.

"Weißt du, Lauter, mein Prinz und ich, wir waren ein seltsames Liebespaar. Viele Jahre schickte er mir regelmäßig Zeitungs-, Zeitschriftenausschnitte und Bücher – ohne irgendeinen Kommentar. Ich verstand trotzdem: ich sollte mich so weit wie möglich von meinem trostlosen Schicksal entfernen, Anteil nehmen an Wissenschaft, am Weltgeschehen, an allem, was ihn selber beschäftigte. Und ihn beschäftigte viel! Er führte ein reiches Leben. Daran wollte er mich, wenn auch nur aus der Ferne, teilhaben lassen, weil er wusste, ich würde sonst verkümmern, verdursten, ersticken. Ich habe dir ja einen Vorgeschmack von all dem Wissen gegeben, was er mir so im Lauf der Jahre einpflanzte, denn ich war eine brave, eine wissbegierige Schülerin. Ich verstand nur allzu gut, dass er selber sein Leben als Koch und Alleinunterhalter der Familie nur ertrug, weil er es wie eine Art Hobby, zu seinem Vergnügen, ausgeübt hat – im Hauptberuf war er ein ewiger Student. Oder besser: ein würdiger Nachfolger des Theophrastos von Eresos. Und was bist du, Lauter, für mich?

Ich werde es dir morgen sagen."

So ging es von Tag zu Tag weiter, der Patient gab nie ein Lebenszeichen von sich – aber die Frau Angermeier irritierte das nicht. Sie glaubte fest daran, er höre ihr zu.

"Und nun zu dir. Ich bin sicher, er hat dich zu mir geschickt, Lauter. Ich nenne dich immer noch so, auch wenn wir uns du sagen inzwischen. Deinen Vornamen weiß ich ja nicht, ich will ihn auch nicht erfragen, ich will ihn von dir hören! Den meinigen sage ich dir jetzt: Luisa. Nach einer meiner Urgroßmütter. Einer Französin mit italienischem Einschlag, einer frivolen Person. Ich verstand nie, warum man mir ihren Namen gab, wo sie doch diesen – na, sagen wir: diesen diffusen Ruf hinterließ. Allerdings brachte sie den sehr sehr guten Namen ihrer Familie, ihr sehr sehr edles französisch-italienisches Blut als Brautgeschenk mit – was ja für unsereins immer das Wichtigste ist. Da nimmt man ein wenig Frivolität und Lebenswandel in Kauf, es muss nur alles unter der Decke bleiben – nicht wie bei mir mit der unehelichen Schwangerschaft. Die ging genau den einen, entscheidenden Schritt zu weit.

Jedenfalls, wenn du endlich aufwachen würdest, wüsstest du jetzt: ich heiße Luisa."

"Heute ist ein anderer Tag, heute, mein Lieber, kommst du vielleicht zu dir? Ich gebe die Hoffnung nicht auf!

Der Leiser sagt ja, du seist ein Spinner, aber ein netter, und deshalb passe er auch auf dich auf, damit du keine allzu verrückten Sachen machst. Zu was du imstande bist, hast du ja mit der Trinkerei und deinem versehentlichen Selbstmordversuch im Glücksrausch mittels Fahrrad gezeigt.

Das auf dich AufpassenMüssen habe ihn halt getroffen, sagt der Leiser, nachdem er am Anfang dachte, du seist nur ein Scheinheiliger; so einer wie du war ihm vorher noch nie untergekommen.

Aber jetzt weiß er, es ist alles echt, was du so anstellst. Auch das Stricken hat er dir erst nicht geglaubt. Er behauptet, anfangs hättest du mich eigentlich umbringen wollen, aus Rache am weiblichen Geschlecht, weil irgendeine Frau dich unter Verdacht versuchter Vergewaltigung vor Gericht geschleppt hat – wo du doch damals eindeutig ein Homo warst. Und der Leiser gibt sogar zu: er war es, der dein Augenmerk geradeswegs auf mich gelenkt hat, als du nach einem geeigneten Opfer suchtest. Ich glaube jedoch, du bist dann reinen Herzens und ohne böse Absicht zu mir gekommen, um tatsächlich stricken zu lernen – und das erkläre ich mir eben damit, dass du plötzlich, anstatt auf eine verrückte Mordtat einfach Lust auf etwas noch Verrückteres hattest. Das liegt in deiner Natur, dafür bist du quasi gar nicht verantwortlich. Allerdings, man muss es mögen, wenn man, wie der Leiser, dein Freund sein will, oder, wie ich, deine Geliebte.

Kein Zweifel: ein wenig neurotisch bist du schon. Aber hättest du sonst in deinem Beruf etwas getaugt, so viel Erfolg gehabt? Ein normaler Mensch sucht sich von vornherein so einen Beruf gar nicht aus, der doch meistenteils darauf hinausläuft, die Menschheit für dumm zu verkaufen. Nicht wahr, das siehst du doch selber so?

Und weil du so bist – ein Gespaltener, uneins mit dir - deshalb liebe ich dich. Du – das Gegenstück zu meinem Prinzen, der so ganz und gar eins mit sich war, als Koch wie als Baumliebhaber – du aber streitest ständig mit dir herum. Ach, Lauter, ich liebe dich so, wie du bist: ein Liebhaberstück."

Der Zustand des Komapatienten änderte sich allerdings nicht, trotz der vielen und langen Ansprachen seitens der schönen Frau Angermeier. Den jungen Pfleger irritierte das nicht, er gab nicht auf.

"Sagen Sie nicht, es hätte nichts geholfen. Es hilft. Und es gibt noch ganz andere Dinge, die möglicherweise helfen. Das sagen einem die Ärzte nur nicht, weil es sie in Verruf bringen könnte."

"Und woher wissen *Sie* es?"

"Mir hat es ein Heiler gesagt, unter dem Siegel des Verschwiegenheit. Ich würde es Ihnen gerne sagen, aber nur im allertiefsten Vertrauen. Würden Sie mir schwören, ewiges Schweigen zu bewahren?"

"Sie haben mir schon einmal mit Ihrem Ratschlag, ich solle doch mit dem Patienten reden, so viel geholfen und ich bin Ihnen sehr dankbar dafür. Obgleich mein Schläfer bis jetzt noch nicht einmal ein ganz klein wenig geblinzelt hat. Damit wäre ich schon zufrieden."

"Sie schwören?"

"Ich schwöre es Ihnen, weil ich Ihnen vertraue. Aber das muss ja etwas ganz Ungeheuerliches sein?"

"Nein, es ist das Natürlichste von der Welt."

"Und?"

"Sie verbringen eine Nacht mit ihrem Patienten. Im Bett. Und – gnädige Frau, ich muss es so sagen – sie stimulieren ihn und ... Sie wissen schon ... Es soll Fälle gegeben haben, behauptet der Heiler, wo es ein glückliches Ende nahm. Aber erwischen lassen dürfen Sie sich natürlich nicht, das wäre eine Katastrophe!"

"Ja, aber wie soll das denn gehen? Allnächtlich kommt doch mehrmals eine Kontrolle?"

"Sie müssten abwarten, bis ich mal eine Woche Nachtwache habe. Ich schau dann einfach bei Ihnen nicht rein, wir müssen das nur vorher absprechen. Aber bis zu meiner Nachtwachen-Woche ist es noch eine Weile hin. So viel Geduld müssen Sie haben."

Ein Heiler ...

Frau Angermeier war skeptisch, sehr sogar.

Aber natürlich: wenn es ein letztes Mittel war? Es dauerte ja noch eine Zeit bis zur passenden Nachtwache – bis dahin würde sie sich für oder gegen dies waghalsige, äußerst irritierende Experiment endgültig entscheiden.

Zwischendurch erschien wieder einmal der Leiser am Krankenbett, betrachtete bekümmert den Patienten, seufzte:

"Es wird und wird nicht besser mit ihm. Es ist zum Verzweifeln

Aber ich hab' Ihren Buben gesehen, Frau Angermeier. Hab' ihn sonntags in der Messe Mundharmonika spielen hören – es ist sensationell, was der mit dem Instrument macht und aus ihm rausholt. Ich versteh' ja nichts von Musik, aber das klingt schon wie in einem Konzert, wo man Eintritt bezahlt. Die Leute hocken ganz andächtig da und klatschen begeistert, wenn er am Schluss noch ein Extra-Stück spielt. Dann steht der Bub von seinem Platz auf, macht eine kleine Verbeugung und ist weg, lässt sich nicht mehr blicken. Was glauben Sie, wie stolz meine Schwester auf ihn ist! Ich hab' mich auch noch gar nicht getraut, ihr die Wahrheit zu sagen. Wie geht das bloß weiter mit meiner Agath'?

Wenn doch der Lauter wenigstens kurz ein bisschen aufwachen täte, was wäre das für eine Freude! Wissen denn die hier überhaupt keine Hilfe für ihn, lassen ihn immer nur so daliegen, tun nichts und kriegen einen Haufen Geld dafür? "

"Aber Herr Leiser, die haben mit ihm doch viel viel mehr Arbeit als mit einem normalen Kranken. Denken Sie bloß an die tägliche Körperpflege! Ein Mensch, der sich kein bisschen selber bewegt!"

"Na ja, das Allerschlimmste, fast noch schlimmer als der Lauter ist sowieso meine Agath' - die hat ja schon geschworen, sie bringt jeden um, der ihr den Buben wegnehmen will – und das wären in erster Linie dann Sie, Frau Angermeier! Das will ich auf gar keinen Fall, jetzt wo ich Sie in Person kennengelernt hab', wie Sie sich für den Lauter seit vielen Wochen schon aufopfern. Das nenn' ich Liebe, jawohl, Liebe."

Die Frau Angermeier lächelte gerührt. Sie dachte: "Wenn du wüsstest, mein Guter, was ich noch vorhabe!" In diesem Moment war sie schon so gut wie entschlossen: "Jawohl, ich mach' es!"

Der junge Krankenpfleger war wenige Tage später auf Nimmerwiedersehen verschwunden. Es hatte Streit mit der Oberschwester gegeben, er hatte sich nicht angemessen devot verhalten, eher vorlaut – und sich sogar mehrfach erlaubt, etwas besser zu wissen als sie. So ging seine Probezeit mit einer alsbaldigen Kündigung zu Ende. Zur Nachtwache wurde er gar nicht mehr eingeteilt, musste das Krankenhaus vorzeitig verlassen, und es wurde ihm strengstens untersagt, sich von etwaigen Patienten zu verabschieden, auch nicht von der Frau Angermeier natürlich.

Der geplante Versuch eines heimlichen Beischlafs würde also nicht stattfinden können.

Die Frau Angermeier jedoch, nachdem sie von einer netten Schwester den Grund seines Fernbleibens erfragt hatte, klammerte sich erst einmal weiterhin an den Weg, den ihr der junge Pfleger gezeigt hatte – enttäuscht und renitent beschloss sie: "Jetzt erst recht!" Nach ein paar Tagen kam sie jedoch zur Besinnung.

"Stimulieren! War ich verrückt? Welch eine Idee! Wie entwürdigend! Sex als therapeutische Anwendung – wie Rückenmassage oder ein Fußbad! Nein, Lauter, das tue ich dir nicht an. Vielleicht wärst du mir dabei unter den Händen gestorben vor Aufregung, wenn du es mitgekriegt hättest? Schließlich bist du ja nicht mehr der Allerjüngste. Und ich bin auch schon ein etwas älterer Jahrgang.

Vierzig! Sex im Alter – wunderbar! Heuzutage wird überall darüber geschrieben und geredet. Aber doch nicht Sex mit einem Koma-Patienten! Nur damit er eventuell aufwacht. Stimulieren! Nein, das ist keine Therapie, das ist Porno!

Der junge Mann hat es ja gut gemeint, Lauter, mit dir und mit mir, aber ich bin sehr froh, dass die Idee vom Tisch ist."

Das Schicksal belohnte ihren Verzicht auf eine sexuelle Missetat bald darauf mit einem außergewöhnlichen Ereignis: Lauter schlug eines Tages die Augen auf!

Und wie reagierte die Frau Angermeier? Sie fiel in Ohnmacht.

Nun war es an der Zeit, sich darüber Gedanken zu machen, ob sie nach wie vor in Sicherheit sei vor den Dämonen ihres ehemaligen Clans, vor ihrem Argwohn, oder ob sie befürchten musste, sie würden sich auch in ihre Beziehung zum Lauter einmischen und womöglich versuchen, sie zu zerstören. Sie wusste ja nicht, wie weit sie noch überwacht wurde. Oder verschonte man sie neuerdings damit? Lange war sie nicht mehr behelligt worden, immerhin fast zwei Jahrzehnte seit dem Leid, das man ihr damals zugefügt hatte. So wurde sie sorgloser.

In Wirklichkeit machte sich die Gegenpartei, ihre Familie, grade jetzt, nach langen Jahren, wieder einmal Gedanken, wie sie und ihr Sohn eines Tages endgültig zu entsorgen wären.

Die Welt hatte sich inzwischen gedreht und gedreht, immer waren in dieser Zeit irgendwo Kriege ausgebrochen, Grenzen hatten sich verschoben – Bücher wurden geschrieben, Regierungen gestürzt, Menschen starben, Menschen wurden geboren – die Jungen hörten eine andere Musik, tanzten andere Tänze, zogen viel weiter in die Welt hinaus als die vormalige Jugend und reisten nur so auf dem Globus umher. Kurz: es hatte sich in den vergangenen zwanzig Jahren auch das Interesse ihres Clans an Frau Angermeiers Schicksal verändert, war in dieser langen Zeit niedergebrannt, fast erloschen.

Wie das?

Nun, dieses Geschlecht, das seinen Adel so unerbittlich, so erbarmungslos verteidigt hatte, wäre inzwischen, mit seinen unzähligen, meist über neunzigjährigen Großtanten und Großonkeln, Cousins und Cousinen zum NachundNach-Aussterben verurteilt, hätte sich nicht die jüngere und jüngste Generation das Recht erkämpft, wahlweise auch in den bürgerlichen Geldadel hineinzuheiraten. Da purzelten dann die Halb- und Viertelsprinzen und -prinzessinnen nur so; aber das Geschlecht blühte auf. Nach der Angermeier krähte unter diesen Bedingungen kein Hahn mehr. Die Dämonen verzogen sich, sie hatten ausgedient.

Gäbe es nicht der Angermeier lediges Kind! Man hatte es damals einem ziemlich unbedarften jungen Ehepaar untergeschoben, samt gefälschtem Geburtsschein und finanziellem Ausgleich. Eben dieser inzwischen fast erwachsene Junge war das Problem. Er war behindert, Autist – und würde zeitlebens einer Betreuung bedürfen. Seine Pseudo-Eltern würden nicht ewig leben. Was dann?

Rechtzeitig irgendwelche Absprachen mit ihm treffen? Ihm ein Angebot machen? Mauscheln? Als Autist war er mit Sicherheit dafür vollkommen ungeeignet. Wie auch? Ein Autist, der sich von niemandem ansprechen lässt! Wie, unter diesen Umständen, ihn später schnell und ohne Aufsehen irgendwo unterbringen? Ihn vielleicht sogar unauffällig verschwinden lassen – für immer? Das wäre dann ja erst recht ein Verbrechen, noch weit gravierender als das frühere … Die junge Generation des Clans, zum größten Teil Juristen, im Bankgewerbe, im Management, war wenig interessiert, sich durch die Altlast der Väter ihre Karrieren vermasseln zu lassen. Das sollten die Alten gefälligst unter sich ausmachen. Sie hatten sich das mit ihren überholten Adelsvorurteilen eingebrockt, jetzt sollten sie es auch auslöffeln! Mit gebotenem Zynismus stellte man unverhohlen fest: Der Kindsvater war inzwischen verstorben, die Vaterschaft spielte keine Rolle mehr, war bereinigt. (Von seiner Sippe drohte ohnehin keine Gefahr, die hatte sich die ganzen Jahre solidarisch verhalten.) Vorläufig konnte erst einmal alles so bleiben wie bisher, so lange die rechtmäßige Mutter, diese Angermeier, von ihrem Sohn keine Ahnung hatte.

Und wenn sie eines Tages dann doch noch von irgendwoher und von irgendwem aufgeklärt wurde? Und versuchen würde, rachsüchtig – wozu sie allen Grund hatte – ihren ehemaligen Clan zu skandalisieren? Die mit dem Gesetzbuch weit besser als ihre Väter vertraute junge Generation überlegte sich kühlen Kopfes: In diesem Fall wäre es gut, wenn die Familie eine hieb- und stichfeste, die Familie von aller Schuld exkulpierende Legende zur Hand hätte, die man dem Knaben oder noch besser: der Angermeier anhängen könnte. Hatte sie denn nie irgendwelche Affären gehabt? Gab es keinerlei verwendbare Gerüchte über sie? Darüber wurde leidenschaftslos, kaltblütig, geschäftsmäßig, mit juristischer Akribie bei der extra zu diesem Zweck anberaumten Familien-Zusammenkunft diskutiert. Man schob die Frau Angermeier und ihren Sohn hin und her wie Spielsteinchen.

"Es gäbe allerdings auch eine andere, ganz einfache Lösung", meldete sich kurz vor Schluss noch ein letztes Familienmitglied, vom Geist der Humanität erleuchtet.

"Warum schließen wir nicht einfach Frieden mit dieser Frau? Sie ist doch eine von uns! Was hat sie denn gegen die Ehre des Hauses verbrochen? Ein Kind – unehelich! Uneheliche Kinder gibt es inzwischen wie Sand am Meer, sogar bei uns Hochwohlgeborenen, machen wir uns doch nichts vor! Also geben wir ihr ihren Namen zurück! Räumen wir ihrem Sohn in allen Ehren ein Plätzchen im Schoß der Familie ein! Das stand und steht nämlich beiden rechtmäßig zu, nicht weniger als uns. Ohne die geringste gesetzliche Grundlage hat man es ihnen damals entzogen und seit Jahrzehnten, bis zum heutigen Tag, vorenthalten. Ich bin Jurist – und ich plädiere dafür, dieses schreckliche Unrecht von damals auf der Stelle für ein und allemal zu beenden.

Was ist? Stimmen wir ab? Wer ist dafür? Wer dagegen?"

Die Gegenstimmen siegten ganz knapp. Auch ihnen ging es weniger um die Sache, sie hatten grundsätzlich nichts gegen diese Angermeier, ebenso hochgeboren wie sie, einzuwenden – es war ihnen nur einfach lästig und zu viel Stress. So ging die Chance an der Frau Angermeier vorüber, noch zu später Stunde in ihren Clan zurückkehren zu dürfen, heim in ihre Familie.

Ein einziger, jener Jurist, gab sich mit dem Resultat dieser Zusammenkunft, die dem Schicksal eines unschuldig verstoßenen Familienmitglieds und seines Sohnes gegolten hatte, nicht einfach zufrieden. Er bohrte weiter.

"Wovon lebt diese Frau? Weiß das jemand?"

"Vom Stricken."

"Wie bitte? Eine Cousine von uns, ein Familienmitglied – und bringt sich mit Stricken durch? Ja, sind wir denn Unmenschen? Wo bleibt denn da unser Anstand, unsre Erziehung, unsre Humanität? Stricken! Mein Gott! Das Allerletzte! Da kann sie ja gleich auf den Strich gehen, vorausgesetzt, sie ist nicht schon zu alt dafür!"

Man verwies ihn aufs Internet, dort biete sie Schals zum Verkauf an. Zu offensichtlich verwegenen Preisen. Er könne sich ja mal einen Schal bestellen und damit die zu Unrecht Verfemte ein wenig unterstützen?

"Jawohl, genau das werde ich tun!"

Frau Angermeiers Schicksal wendete sich durch Lauters Erwachen endlich wieder zum Guten. Sie verbrachte einige erholsame Wochen als Begleitperson Lauters in einer Kur-Einrichtung, wo er täglich mehrere Stunden sowohl leiblich wie seelisch zurecht-repariert wurde. Nach wie vor strickte und strickte die Angermeierin fleißig. Die eingehenden Neu-Bestellungen, die der überaus zuverlässige Herr Leiser zuhaus für sie abwickelte, empfing sie über ihren Laptop. Sie war ja eine solide Geschäftsfrau, kein ätherisches Wesen mit mangelndem Sachverstand, wie schon der Lauter gleich zu Anfang gemerkt hatte.

Unter den Bestellungen fand sich eines Tages auch ein gänzlich unwillkommener Interessent: Er trug ihren früheren, klingenden Namen.

"Diese Bande! Jetzt haben sie mich aufgespürt – wollen ihren Hochmut an mir auslassen. Natürlich!" An seine Adresse ließ sie kurz und bündig mitteilen: "Keine Lieferung!"

Dem Abgewiesenen sollte diese brüske Botschaft samt Ausrufezeichen nur eines signalisieren:

"Mit euch will ich nichts zu tun haben. Schert euch zum Teufel!"

Der Besteller begriff es und hatte volles Verständnis dafür. Aber das änderte nichts daran, dass er unbedingt einen Schal haben wollte. Er ließ sich also nicht entmutigen. Wann geben Juristen je auf?

Seinen erneuten Auftrag nannte er "Zweitbestellung!", nun ebenfalls mit Ausrufezeichen.

"Nicht akzeptiert!" gab sie durch den Leiser zurück. Der machte sich allmählich Gedanken über Frau Angermeiers eigenartigen, nur aus zwei Worten und einem Ausrufezeichen bestehenden Schriftwechsel. Es kam eine dritte Anfrage:

"Ich will doch nur einen Schal und sonst nichts. Ich beharre darauf!"

Frau Angermeier verbot dem Herrn Leiser daraufhin, dem Besteller noch einmal zu antworten.

Der in verbalen Feinheiten durchaus geübte Jurist griff jetzt zu gröberen Mitteln.

"Warum, verdammt noch mal, verweigern Sie mir mein Kaufrecht? Ich bin Jurist, ich lasse mir das nicht gefallen."

"Schluss jetzt! Oder ich zeige Sie wegen Belästigung an!" "

Der Leiser schwieg, nachdem er die Botschaft übermittelt hatte. Aber der Leiser dachte schon weiter:

"Hoffentlich wird das kein Gschpusi mit ihm und mit ihr! So fängt es doch regelmäßig mit diesen Liebesgeschichten in Film und Fernsehen an: erst Krach und Streit – dann Versöhnung und Hochzeit. Gott behüte! Was macht dann der arme Lauter?"

Der Leiser wunderte sich ohnehin über die Frau Angermeier. Er verehrte sie seit Lauters Unfall sehr. Sie und nur sie hatte durch ihr aufopferndes Verharren an seinem Krankenbett den Lauter gerettet, ihn mit ihrer Liebe ins Leben zurückgeholt. So sah er es. Dem Lauter zuliebe gab er noch ein paar Tage vor, die Suche nach seiner Schwester weiter zu betreiben. Dann bat ihn die Angermeierin glücklicherweise, den Post-Vertrieb ihrer Schals zu übernehmen, da konnte er diese sinnlose Rumradelei endlich aufgeben.

Denn was der ahnungslose Lauter nicht gewusst hatte und jetzt, wo er dem Tode so nah war, auch nicht mehr zu wissen brauchte! – ihr gemeinsames Herumradeln im schönen Niederbayern war ja nichts andres als ein wunderbarer Zeitvertreib gewesen – und die Suche nach dem Buben ein bloßer Vorwand! Denn der Leiser hatte doch schon immer gewusst, bei wem der Angermeier-Bub aufwuchs und wo er zu finden war: bei Leisers Schwester, der Agath' – jener ehemaligen Hummel. Seit wieviel? ja, seit fast zwanzig Jahren seine liebevolle Mutter. Und die würde ihn niemals hergeben, die würde ihren Stachel ausfahren, einen furchtbaren Krieg um ihren Buben anzetteln, und das gesamte Dorf stünde ihr mit Schaufeln, Hacken, Beilen, Messern, Steinschleudern und bissigen Hunden bei. War es da nicht das Vernünftigste, seine Auffindung entweder von vornherein zu verhindern, oder sie wenigstens so lange wie möglich hinauszuzögern? Auf ihren Radl-Fahrten hatte also der Leiser stets einen sorgfältig berechneten Bogen um den Ort herum, wo die Agath' wohnte, gemacht. Die ganzen, langen Jahre bestand ein fester Kontakt mit ihr, er hatte immer im Stillen für sie gesorgt. Und schon immer hatte er gedacht: was soll bloß aus diesem Buben werden – ein Autist! – wenn es die Agath' einmal nicht mehr gibt?

Und dadurch, dass der Lauter eines Tages aufgetaucht war, und sich bei diesem verflixten Strickenlernen auch noch in die Frau Angermeier verliebt hatte – ja, dadurch war alles noch komplizierter geworden.

Falls es überhaupt möglich war: jetzt verschlimmerte sich alles noch einmal mehr – durch diesen unerwünschten Kunden, seinem Adelsnamen nach womöglich ein böswilliger Verwandter der Frau Angermeier?

"Kommt da einer von dieser elenden Sippschaft unter dem Vorwand daher, dass er sich einen Schal kaufen will. Weiß Gott, wollen sie vielleicht den Buben jetzt auch noch umbringen? Denen ist doch jedes Mittel recht! Und dann haben sie immer die richtigen Kontakte, dass hernach alles, was sie so anstellen, unter der Decke bleibt.

Ich glaub', jetzt kommt die Katastrophe endgültig auf uns zu!"

Um sie mit letzter Kraft doch noch zu vereiteln, sandte er, ohne Wissen Frau Angermeiers, diesem geheimnisvollen Besteller, einen Schal – in der Hoffnung, das Schicksal und damit diese elende Verwandtschaft noch einmal besänftigen zu können.

Der Empfänger fragte und wunderte sich: Warum bekam er den Schal gerade jetzt, wo er so frech geworden war?

"Und dann auch noch geschenkt, kostenlos?"

Über eines konnte der Leiser sich nicht genug wundern. Wie lange hatte er nun schon der Frau Angermeier geoffenbart, dass ihr Sohn nicht totgeboren, sondern am Leben war und schon so gut wie erwachsen – ein ausgesprochen hübscher Junge, groß, schlank, dunkelhaarig, ein feines Gesicht, ihr, seiner richtigen Mutter wie aus dem Gesicht geschnitten. Und — obzwar oder gerade weil Autist – offensichtlich hochmusikalisch und im ganzen Dorf wegen seiner allsonntäglichen, wenn auch nur wenige Minuten dauernden, überaus wohlklingenden Kirchenkonzerte nicht nur be-, sondern wirklich ge-liebt. Dabei spielte er ja gerade nicht das, was die Jugend sonst ausschließlich hörte, eher das Gegenteil – aber es gefiel ihnen trotzdem. Ohne dass sie es wussten, wurden aller Ohren im Lauf der Zeit mit Sequenzen von Beethoven, Mozart, Schubert, Haydn und sogar einiger Zeitgenossen getränkt, die sich der Junge aus den Konzerten im Radio herausfischte. Und es kamen plötzlich zur Sonntagsmesse Kirchenbesucher nicht nur von nah, sondern auch von fern, die einmal diesen seltsamen Mundharmonika-Spieler hören wollten, wobei der Pfarrer hoffte, an ihnen blieben nicht nur die Töne, sondern auch das Wort Gottes haften.

Einmal nahmen ihn die Gleichaltrigen, die mit ihm aufgewachsen waren, auf dem Motorrad in die nächste Kleinstadt mit, wo sie ihre Wochenend-Disko-

Nächte verbrachten. Er saß die ganze Zeit unbewegt in der Nähe des DJ. Als der eine Bieslpause machte, die Musik aufhörte und der Saal sich mit Gesprächen, Gelächter und Zurufen zu füllen begann, ertönte plötzlich über das Mikro ein einzelner, langgezogener Ton, so lang und so laut, dass es still wurde im Saal. Und dann brach ein Mundharmonika-Konzert los, wie sie es, life, noch niemals in ihrem Leben gehört hatten mit Rock, Beat, Pop, Blues, Jazz und zwischendurch mit gewaltigen Disharmonien – die zum Schluss in einem virtuosen Hymnus aufgingen, worin alle berauscht und beseligt einstimmen konnten. Der Beifall hinterher war brutal. Da hatte sich der Junge schon wieder beim DJ verkrochen – und der gewährte ihm Asyl, indem er jeden verscheuchte, der dem Jungen zu nah kam. Den Rest der Nacht verschlief er, während um ihn herum der Saal tobte. Wie gewohnt, in den allerspätesten Nacht- oder den frühesten Morgenstunden, fuhren seine Freunde mit ihm dann nachhause, fürsorglich wie immer. Seine Eltern waren voller Angst, er habe Schaden gelitten. Aber nichts dergleichen war ihm anzumerken.

Sein sensationeller Auftritt kam auch dem Leiser zu Ohren. Warum bloß kümmerte sich die Frau Angermeier nicht?

Ein anderer jedoch kümmerte sich: der Jurist, der Gerechtigkeits-Anhänger, den der Leiser – nach mehrmaligem Schriftwechsel – nur noch den "Vonundzu" nannte. Für den war es ein Leichtes, die Adresse des unehelichen Angermeier-Sohnes zu erfahren, der ja übrigens einen hochrespektablen Vater gehabt hatte. Ein Elend! Der Vonundzu machte sich also auf den Weg in das kleine Dorf in Niederbayern, wo er alsbald vom Pfarrer erfuhr, welche besonderen Gaben die Natur (oder der liebe Gott) diesem autistischen jungen Mann zum Ausgleich geschenkt hatte. Der geistliche Herr, auch er, wie einst von Edgar, so später vom Leiser ins Vertrauen gezogen, teilte ihm mit: die echte Mutter hat inzwischen zugunsten der Ziehmutter auf ihren Sohn verzichtet, mit Brief und Siegel.

"Sie will also nichts von ihm wissen?"

Nein, so konnte man das nicht sagen! Wenn es auch so den Anschein hatte.

In Wirklichkeit nämlich war die Frau Angermeier während Lauters Kur heimlich hierhergefahren. Sie machte sich einige Tage vorsichtig vertraut mit den alltäglichen Gewohnheiten der Agath', und nachdem sie die zur Genüge ausgeforscht hatte, traf sie sie wie zufällig im örtlichen Kaufladen und stellte, ihr zum ersten Mal ganz nah, betroffen fest: diese ungefähr mit ihr gleichaltrige Frau war frühzeitig gealtert, sah nicht wie in den frühen Vierzigern, sondern, zerarbeitet und zersorgt, schon fast wie über fünfzig aus. Die ehemalige "Hummel" – was war nur aus ihr geworden?

Der Kaufladen war offenbar ein beliebter Treffpunkt zum Ratschen. Vier, fünf Frauen standen herum, man unterhielt sich auch über jenes Wochenende mit dem sensationellen Pop-Konzert, welches Agath's Sohn mit seiner Mundharmonika einfach so hingelegt hatte. So bestätigte sich auch der Frau Angermeier, welch kostbare Gabe ihrem Sohn vom Schicksal zugeteilt worden war – das Aufleuchten der Agath' entging ihr nicht.

"Gell, Agath', er macht dir viel Müh', aber du kriegst ja auch was von ihm zurück!"

"Ich will nichts von ihm zurück, ich will bloß, dass er glücklich ist."

"Aber er redet ja kein einziges Wort, auch nicht mit dir. Wie weißt du denn dann, wie's ihm geht? Ob er zufrieden ist oder unzufrieden? ob er Hunger hat, Kopfweh, Lust auf irgendwas? – oder verliebt ist? Das merkst du doch alles gar nicht, Agath'!"

"Und ob ich das merk'! Eine Mutter merkt alles. Und der Bub sagt mir auch alles!"

"Wie denn? Ohne ein Wort?"

"Jawohl, ganz genau, ohne ein einziges Wort. Aber das versteht ihr ja nicht. Ihr müsst immer reden, reden, reden.

Mein Sohn und ich, wir brauchen das nicht. Wir reden miteinander mit unsrer Seele!"

Mit hochrotem Kopf ging sie hinaus – sie hatte sich dazu hinreißen lassen, ihr Innerstes bloßzulegen. Und wie ihr das leid tat!

Die Zurückgebliebenen schauten sich betroffen an. Nein, sie zogen nicht über die Agath' her, wie Frau Angermeier, die ja alles mitangehört hatte, jetzt befürchtete. Sie selber war tief beeindruckt. Noch am gleichen Tag verließ sie den Ort.

Am folgenden Tag schrieb sie einen Brief.

Liebe und sehr verehrte Agath',
Sie kennen mich nicht, aber ich kenne Sie. Gestern, im Kramerladen, standen wir uns gegenüber: Sie mir, seiner "richtigen" Mutter – und ich Ihnen, der Pflegemutter meines Sohnes.

Als die umstehenden Hausfrauen, die wie immer alles besser wussten, Sie be-drängt haben, ihr Sohn rede ja niemals ein Wort mit Ihnen und deshalb könnten Sie ihn auch nicht verstehen – was haben Sie da geantwortet?

"Mein Sohn und ich – wir reden miteinander mit unsrer Seele."

Im selben Augenblick, wo ich das von Ihnen hörte, hab' ich gewusst: eine bessere Mutter als Sie, Agath', kann es für meinen Sohn nirgendwo geben auf dieser Welt..

Deshalb schenke ich Ihnen meinen Sohn. Niemals darf er Ihnen weggenom-men werden. Bleiben Sie seine Mutter – für jetzt und für immer! Ein Duplikat dieses Briefes hinterlege ich beim Notar. Sie müssen also keine Angst haben, ich könnte wortbrüchig werden.

Danke für alles, was Sie bisher für ihn, er ist ja behindert, getan haben, und was Sie weiterhin für ihn tun. Bewahren Sie diesen Brief zusammen mit seiner Geburtsurkunde gut auf. Gerade weil sie eine Fälschung ist, ist sie Ihr bester Schutz, ein Faustpfand in Ihrer Hand. Niemand wird Ihnen oder Ihrem Sohn in Zukunft etwas anhaben können! Dafür stehe ich ein.

Es grüßt Sie herzlichst, in tiefer Dankbarkeit

Ihre Luisa Angermeier.

Die Agath' war, auf diesen Brief hin, wie erlöst. Nur dem Dorfgeistlichen zeigte sie ihn, der schon so lange die Hand über sie und ihren Sohn hielt und der wiederum, als eines Tages dieser Vonundzu bei ihm aufkreuzte und sich und seine Motive zu erkennen gab, es für das Beste hielt, diesem Hochwohlge-borenen für alle Zeit den Wind aus den Segeln zu nehmen.

"Ja, da schauen S'! Die Frau Angermeier hat auf ihren Sohn verzichtet und ihn feierlich für immer und ewig der Agath' geschenkt! Sie und Ihre Sippe haben keine Gewalt mehr – weder über den Sohn noch über seine Mütter, nicht über die eine, und nicht über die andre!"

Der Jurist war entsetzt. Eine "Schenkung"! Von einem Notar beglaubigt und bei ihm hinterlegt? Als ob man heute noch einfach einen Menschen verschenken könnte, wie zu Zeiten der Sklaverei! Unvorstellbar! Aber interessant! Was sollte man von dieser Angermeier denken? Eine mindestens außergewöhnliche Person.

Nun gut, jetzt gehörte also ihr Sohn, gewissermaßen notariell abgesegnet, dieser Agath'. (Man könnte die ganze Sache natürlich auch noch durch eine förmliche Adoption absichern. Womit sich dieser Angermeier-Sohn dann von seinen Vorfahren, den Vonundzus, endgültig verabschiedet hätte. Als Jurist fände er das eine saubere Lösung.) Die Angermeierin hatte jedenfalls ihr einziges, skandaltaugliches Objekt freiwillig aus der Hand gegeben. Von ihr waren dann wohl keine Schwierigkeiten mehr zu befürchten? Oder doch?

Den älteren und hochbetagten Vonundzus, die sich gerade anschickten, ihre letzten Lebensjahre so gut es noch ging, zu genießen, lastete die einstige Kindes-Vertauschung des Angermeier-Sohns allmählich schwer auf dem Gewissen. Hätte man nicht besser ein Auge, oder gleich beide Augen, zugedrückt damals, vielmehr alles unter den Tisch gekehrt? Mein Gott, was hatte man dieser Frau nicht alles angetan! Zwanzig Jahre danach verstand man sich selber nicht mehr. Was gäbe man alles darum, man könnte diese dumme Sache nachträglich ungeschehen machen.

Aber die Angermeier, wie man hörte, hatte ja grade eben eine erstaunliche Wendung vollbracht. Kaum zu glauben: erst vor ganz kurzem erfährt sie, dass sie einen lebendigen Sohn hat – und gibt ihn gleich wieder her, verschenkt ihn an seine Ziehmutter, der er ja sowieso schon von Geburt an gehört – wenn auch nur kraft eines gefälschten Geburtsscheins. Den ja jetzt die Frau Angermeier sozusagen verifizierte. Dass der Sohn damals vertauscht wurde, das spielt doch jetzt, wo sich auch noch die Mütter untereinander auswechselten – die richtige mit der falschen Mutter oder umgekehrt – eigentlich keine Rolle mehr? Und dann entrüsteten sie sich noch, die alten und uralten Vonundzus:

"Was sind denn das für Mütter? Ja, so sind sie, die Plebejer!"

Auch der Leiser erfuhr von der Schenkung. Er wusste nicht, was er davon halten sollte

Seine Schwester musste jedenfalls einen besonderen Eindruck auf die Frau Angermeier gemacht haben, dass sie der Agath' nicht irgend etwas Kleineres, sondern gleich ihren ganzen Sohn mit Haut und Haaren zum Geschenk gemacht hatte. Und ihm, dem Leiser oblag es nun, diese Geschichte dem Lauter beizubringen! Der Lauter war immer noch etwas wirr im Kopf und am besten hätte man ihn noch eine Weile mit so komplizierten Angelegenheiten wie diese Mütter-Vertauschung verschont, deren Sinn und Zweck nicht einmal der Leiser richtig kapierte. Eines hatte sie jedoch bestimmt zur Folge: man brauchte nicht mehr in Niederbayern herumradeln und so tun, als suchte man diesen Angermeier-Buben, der ja von Geburt an sowieso nicht Angermeier, sondern nach der verehelichten Agath' hieß. Schad' drum – besonders ums Radeln.

Der Lauter wandte sich wieder einmal an den verewigten Edgar, der ihm helfen sollte, das zu verstehen, was ihm der Leiser an Unverständlichem vorsichtig beigebracht hatte.

"Hättest du das gedacht, Edgar? Wir radeln bei Sonne und Regen, bei Wind und Wetter durch Niederbayern, um ihren Sohn zu suchen, der ja auch dein Sohn ist – zuletzt schlag' ich mir noch vor lauter Glückseligkeit den Schädel an einem Omnibus ein, weil wir ihn endlich gefunden haben – und sie, was macht sie? Sie verschenkt ihn einfach? An die Agath', die Schwester vom Leiser, die den Buben ja sowieso niemals, niemals hergegeben hätte. Kannst du mir dieses rätselhafte Volk – die Frauen – erklären?

Und es kommt noch etwas viel Erstaunlicheres hinzu: die Angermeier war immer eine sehr korpulente Person, auch noch als ich den Unfall hatte und das Bewusstsein verlor. Als ich wieder erwachte, war sie schlank, wurde immer noch schlanker, jetzt ist sie gertenschlank. Ich habe sie kaum wiedererkannt! Eigentlich ist sie gar nicht mehr die Angermeier. Sie ist wieder Luisa geworden – wie zu deiner Zeit. Ja, sie hat sich in deine Dulcinea zurückverwandelt.

Du glaubst es vielleicht nicht: aber mir wurde sie dadurch ein wenig fremd. Sie war so majestätisch vorher, eine Königin, eine Märchenkönigin. Sie hat mir das Stricken beigebracht und da ich noch nicht wusste, wer sie in Wirklichkeit ist, habe ich mich beim Stricken in sie verliebt. Und sie sich angeblich in mich. Aber an deinem Grab haben wir uns gegenseitig erkannt. Sie, deine ehemalige Geliebte – ich, dein langjähriger Lebensgefährte. Ein Schock für uns beide!

Trotzdem hat sie nach meinem Unfall viele Wochen an meinem Bett gesessen und über mich gewacht. Ich muss ihr unendlich dankbar sein. Aber Dankbarkeit ist der Feind der Liebe ... Jetzt ist sie keine Strick- und Dickmadam mehr, jetzt ist sie eine Dame, schlank, immer noch jung, sehr elegant, schöner denn je. Als sie noch so unförmig, so korpulent und grade deshalb für mich die schönste Frau der Welt gewesen ist, war ich vielleicht der Richtige für sie. Aber inzwischen bin ich's nicht mehr, bin viel zu alt. Wie soll das nur mit uns beiden weitergehen? Ich überlasse es ihr, wie lang sie mir noch das Gnadenbrot gibt – und wann sie mich wegschickt."

Auch der Leiser hatte sein Problem!

Wie konnte er den verschenkten Schal in die Abrechnung hineinmogeln? Wo er es so gut damit gemeint hatte! Es erfüllte ihn mit abgrundtiefem Staunen, als zwei Wochen später sechshundert Euro für jenen von Leiser zuvor mit dem Vermerk "Kostenlos" an den Vonundzu gesandten Schal eingingen, der ihm so gewaltige Bauchschmerzen bereitet hatte.

"Nobel!" sagte er anerkennend. "Man merkt halt den alten Adel!"

Jetzt traute er sich auch, der Frau Angermeier die Wahrheit über diesen nun doch noch geglückten Geschäftsvorgang zu unterbreiten. Die Chefin war nicht erbaut. Im Gegenteil.

"Wie kommen Sie dazu, einer so anmaßenden, unverschämten, arroganten Person einen von meinen Schals zu schenken? Und wenn er zehnmal hinterher freiwillig bezahlt hat – keinen Bindfaden kriegt der jemals von mir, geschweige noch je einen weiteren Schal." Damit war für sie das Thema erledigt.

Die Frau Angermeier hatte inzwischen fast ihre Jungmädchengestalt wiedererlangt, ohne auch nur zu ahnen, wie ihre Seele das bewerkstelligt hatte. Denn dass sie diese Zurück-Verwandlung einzig und allein ihrer Seele verdankte, daran gab es keinen Zweifel für sie. "Liebe Seele", sagte sie, "ich weiß immer noch nicht, wo du in mir drin wohnst. Ich habe lange genug mein Dicksein ertragen, nun belohnst du mich für meine Geduld. Sei bedankt!"

Der Vonundzu hatte die Strick-Liesl – so nannte er sie nach einem alten Kinderspielzeug – noch nie erblickt. Er schätzte sie für etwas ältlich, in jahrzehntelangem Leid langsam verblüht und erstarrt. Inzwischen strickte und strickte sie wohl unermüdlich wieder zuhause. Wie ihm ein Auskunftsbüro mitteilte, traf sie sich häufig mit einem ebenfalls nicht mehr ganz jungen Mann. Der, namens Lauter, war offenbar für eine Frau wie die Angermeier immer noch attraktiv genug. Anscheinend hatte sie Trost in einer späten Beziehung gefunden. Gab es denn da überhaupt noch Bedarf für sein in erster Linie humanitär gedachtes Engagement? Es hatte sich ohnehin mit der Zeit schon etwas abgeschwächt.

Als der Vonundzu dann erstmals der Angermeier ansichtig wurde, verschlug es ihm die Sprache. Eine strahlende Schönheit, selbstbewusst, elegant. Die konnte man nicht einfach auf der Straße ansprechen. Da bedurfte es eines wohlbedachten Umwegs. Vielleicht war gerade dieser Lauter dafür ein geeignetes Medium? Und vielleicht könnte ja er, der Vonundzu, Mitte Vierzig, noch immer Junggeselle, da einfach auch mal ein wenig mitmischen? Und hätte, in Konkurrenz mit dem Lauter, hinsichtlich des beträchtlichen Altersunterschieds zwischen den beiden, vielleicht gar keine schlechte Chance, diesem Lauter die

Angermeier auszuspannen. Wo sie ja sogar weitläufig miteinander verwandt waren – er ein entfernter Cousin, sie, Luisa, seine Cousine! Dessen hatte er sich bereits vergewissert. Daraufhin verständigte der Vonundzu seine Kanzlei, er werde einige Tage fernbleiben, er sei für einen neuen Fall auf Recherche.

Als erstes ließ er auskundschaften, wie und wo der Lauter seine Zeit verbrachte, wenn er außer Haus ging. Über den Lauter nämlich wollte er sich an die Angermeierin anschleichen, ihn aushorchen über ihre Gewohnheiten, ihre Vorlieben, Abneigungen und überhaupt alles, was sie betraf. Man fand heraus, der Lauter unternahm Tag für Tag lange Spaziergänge, die seiner weiteren Rekonvaleszenz dienen sollten. Zwischendurch ruhte er auf städtischen Ruhebänken aus. In einem kleinen Straßencafé trank er gelegentlich eine Tasse Kaffee. Lauters früheren Beruf hatte der Vonundzu schon selbst in Erfahrung gebracht. Er überlegte, was ihnen als Gesprächsstoff dienen konnte. Es entging ihm nicht: der Lauter war ein recht interessantes Individuum; das fachte seine Neugier und Lust auf Menschenfang weiter an. Immer mehr erlag er dem sportlichen Anreiz, diesen Lauter bei der Angermeier auszustechen. Er bereitete sich also auf einen mehr spielerisch gedachten Wettkampf zwischen ihm und dem Lauter vor, anstatt sich – wie zwischenzeitlich angedacht und wieder verworfen – ganz einfach und ohne Umweg in die schöne Angermeier zu verlieben. Als Jurist war und blieb er eine unfreiwillig im Rechtswesen gelandete, heimliche Spielernatur – die aber normalerweise durch sein juristisches Gewerbe in Zaum gehalten wurde. Er, ein Junggeselle in der Mitte von Vierzig und Fünfzig, hatte sein bisheriges Berufsleben, wie man es von ihm als einem nachgeborenen Familienmitglied erwartete, seiner Karriere und gelegentlich, wenn es ihm seine erfolgreiche Kanzlei und deren Mandantschaft ermöglichten, dem Erwerb einer Immobilie gewidmet. Und das sollte natürlich auch so bleiben! Er erlaubte sich nur eine kleine Auszeit von ein paar Tagen. Die würde ihn nicht gleich ruinieren. Die konnte er sich leisten. Er freute sich auf das Abenteuer.

Er wusste auch schon, auf welche Parkbank zu welcher Uhrzeit er sich platzieren musste, um eine erste Begegnung mit dem Lauter herbeizuführen. Er saß also, ihn erwartend, am Bankende, als der Lauter dem gewohnten Ruhesitz nahte und am anderen Ende Platz nahm. "Sie gestatten?" Jetzt gab sich der Vonundzu den Anschein, er wolle sich erheben, das Feld räumen.

"Ich möchte Sie nicht vertreiben!" sagte der Lauter höflich. Der Vonundzu setzte sich wieder.

"Vielen Dank!" Und, nach einer kleinen, wohlberechneten Pause:

"Aber Sie haben natürlich recht. Heutzutage weicht der Mensch dem Menschen aus – selbst auf einer Parkbank. Und wie kommuniziert er? Nicht direkt, nicht Auge in Auge – mit dem Handy, von fern!"

Der Lauter schluckte. Was für eine seltsame Bemerkung gegenüber einem Wildfremden! Affig fand er das. Musste er darauf replizieren? Wenn ja, dann entsprechend schräg. Er fühlte sich herausgefordert, dachte einen Augenblick nach, holte Luft, legte los.

"Dann ist es natürlich nicht nur von emotionaler, sondern von gradezu philosophischer Reichweite, dass wir heutzutage fast ausschließlich fernmündlich miteinander verkehren, ein Thema, worüber wir gern, falls es Ihnen beliebt, ein paar kritische Worte austauschen können."

Er bekam sein Satz-Ungetüm grade noch hin, las es sozusagen von einem imaginären Blatt ab – hochgeschraubt bis zum Erbrechen.

Sein Gesprächspartner, davon ebenso beeindruckt wie verblüfft, meinte, er müsse eine ähnlich manierierte Antwort hervorbringen.

"Chapeau! Wo trifft man heutzutage auf einer gewöhnlichen Parkbank noch eine derart elaborierte Ausdrucksweise? "

Der Lauter dachte, "Wenn ich ein gspinneter Vogel bin, dann ist dieser Kerl da noch viel gspinneter. Elaborierte Ausdrucksweise, pfui Teufel! – aber ich hab's ihm ja extra so reingewürgt." Er erhob sich.

Der Vonundzu überlegte: hatte er zu hoch gereizt und alles damit verdorben?

Schon bei der allerersten Begegnung jedenfalls hatten sie ihre Klingen gekreuzt! Der Vonundzu schwor, das sollte auch so weitergehen! Ein semantischer Zweikampf auf Biegen und Brechen, ja, das gefiel ihm.

Anderntags erwartete der Vonundzu ihn wie zufällig in einem kleinen Straßencafé. Es gab da nur drei, vier kleine Tische, und als der Lauter eintrat, winkte er ihm einladend zu, er möge doch bei ihm Platz nehmen. Der Lauter ließ sich, nicht eben begeistert, an seinem Tisch nieder.

"Haben Sie sich gestern von mir belästigt gefühlt?"

Er verneinte wortlos. Elaboriert! Das ging anscheinend bei diesem seltsamen Menschen nicht anders; der Lauter fügte sich, innerlich seufzend, dieser Marotte. Elaboriert! Dann überkam ihn doch noch die Wut.

"Wer, bitte, sind Sie? Ich kenne Sie nicht - und ich weiß auch gar nicht, ob ich Sie kennen will! Elaboriert! Ha!"

Der Vonundzu war entzückt über diese Attacke. Sie bedeutete für ihn: das Gefecht ginge weiter und der Tag käme, wo sein Gegner rhetorisch am Boden läge.

Dabei hatte er ganz vergessen, zu welchem Zweck er mit hohem strategischem, und ja, auch finanziellem Einsatz er diesen Mann eigentlich einfangen wollte. Enthüllungen und Intimitäten über die Angermeier sollte der Lauter ihm doch preisgeben. War ihm das, vor lauter Gefechtseifer, völlig entfallen? Stattdessen hatten sie sich, er und der Lauter, wie zwei Straßenköter ineinander verbissen.

Indessen setzte sich beim Vonundzu – wenn auch noch keine höhere Vernunft – so doch der sogenannte gesunde Menschenverstand durch.

Zum ersten Mal betrachtete er seinen "Gegner" genauer: Gesicht und Gestalt waren noch fast jugendlich, volles Haar, sehr intensive Augen: sympathisch. Was mochte er von Beruf gewesen sein? Ach ja, so etwas wie Texter und Manager in einer Reklamefirma. Manager nannte sich heutzutage ja jeder, das sagte gar nichts. Aber der Lauter, der war nicht "jeder", das sah man. Und spontan beschloss der Vonundzu: Schluss mit der Rangelei! Von jetzt an wird vernünftig miteinander geredet! Er erhob sich, beugte sich über den Tisch, streckte dem Lauter seine Hand zum Gruß entgegen:

"Ich bin der Ludwig, Anwalt, und wer sind Sie?" Er stellte sich dann, mit einer gewissen Verlegenheit, mit seinem vorsichtig verkürzten Namen vor. Er wusste ja aus Erfahrung, normale Menschen machten um solche Namen-Ungetüme gern einen Bogen. Den Lauter störte es weniger. Ihm ging es einfach zu schnell – noch schneller als damals beim Leiser!

Aber dann schien es mit ihnen beiden doch einigermaßen zu passen: der eine gradezu das Gegenstück zum andern. Lauter, innerlich immer mit sich uneins und unsicher, ob hüh oder hott? – der Vonundzu, strotzend vor Selbstbewusstsein und immer zu einem kleinen riskanten Einsatz bereit. Aber dann doch: beide gleich flexibel, und trotz ihrer Verschiedenheit in einem entscheidenden Punkt verwandt: Spieler. Lauters Spiel-Lust gehörte unabdingbar zu seiner Kreativität, die sich über sein Berufsleben hinweg bis in sein Pensionärsdasein hinzog. Ja, seine Kreativität besaß etwas Schlingpflanzenhaftes, Unvorhersehbares, sie wuchs nicht gradlinig, sondern in Windungen aus ihm heraus, sie hatte ihm noch vor kurzem das größte Vergnügen beim Stricken bereitet. Und jetzt beeinflusste sie wohl auch seine Reaktion auf diesen Mann, diesen Juristen. Denn wenn dem ewig zaudernden, längst wieder friedliebenden Lauter so etwas passierte: eine Kriegserklärung, die plötzlich in eine Art Friedens- und Freundschaftsangebot umschlug, dann widersetzte er sich nicht, dann akzeptierte er das – gerade, weil es ein bisschen verrückt war, und das lag ihm eben – genau wie dem Vonundzu.

So begann, was man als Parallele zum Lauter-Leiser-Ding bezeichnen konnte.

Anfangs hätte der Lauter am liebsten dies unerbetene Friedens- oder sogar Freundschaftsangebot höflich abgelehnt. Mehr aus Verlegenheit akzeptierte er es. Denn so bald nach Edgars Tod und so kurz erst mit dem Leiser befreundet, bestand wirklich kein Bedarf, mit diesem vollkommen undefinierbaren Mann etwas anzufangen. Aber der Vonundzu gab nicht so schnell auf.

Ab und zu traf sich der Lauter auf Vonundzus Vorschlag am Wochenende mit ihm. Wobei sich Lauters Geduld gelegentlich durchaus strapaziert fühlte. Die plötzliche freundschaftliche Annäherung des Vonundzu tat er – so war es für ihn am bequemsten – als die nur allzu flüchtige Anwandlung eines launenhaften Adligen ab.. "Diese Leute sind halt ... Na ja.".

Auch der Vonundzu war mit sich selbst nicht im Reinen.

Fortwährend wünschte er sich, mit dem Lauter nah und näher, eng und enger zusammenzusein – physisch? psychisch? Was war das für ein Gefühl – unwiderstehlich, wie nie zuvor – das er für diesen Mann empfand? Es beunruhigte ihn. Er kannte ihn doch gar nicht! Was sollte das also? Aber es nutzte ihm nichts: er erlag einfach dieser leichten, luftigen, attraktiven Unbekümmertheit, womit der Lauter vor sich hinzuleben schien.

Der Vonundzu nächtigte nun fast jedes Wochenende in einem fest gebuchten Hotelzimmer. Sein eigenes Zuhause vermied er, er wollte sich wie von auswärts fühlen, vollkommen außerhalb seines gewohnten Ambientes. Er besuchte Museen, ging ins Kino, ins Theater – lauter Pflicht-Alibis! das einzig Wichtige war ihm, den Lauter zu treffen.

Inzwischen hatte er auch seine einst verstoßene Cousine Luisa telefonisch gebeten, sich ihr vorstellen zu dürfen – um ihr zu versichern, wie sehr ihm ihr Schicksal naheging, an dem er und seine Generation ja unschuldig waren. Die

Frau Angermeier ertrug ihn höflich, ähnlich dem Lauter – mit der Gewissheit, dass er als wohlerzogener Gast nach entsprechendem Verweilen sich verabschieden würde. Man musste nur mit Geduld darauf warten. Er selbst blieb sich nach wie vor im Unklaren: was erwartete er sich von der Angermeier, was vom Lauter?

Nur so viel war sicher: keiner wollte ihn haben, und jeder gab ihm das diskret zu verstehen. Er empfand sehr wohl, wie unerwünscht er ihnen war, und dass sie seine Anwesenheit nur unter der Voraussetzung ertrugen, er werde ja ohnehin bald wieder verschwinden. Schon für einen gewöhnlichen Sterblichen ist solch eine Missachtung nicht leicht zu ertragen – wie schwer erst für einen Vonundzu, dem sich gemeinhin die Türen aller Welt bereitwillig öffneten.

Doch was niemand auffiel, da ihn ja keiner von ihnen richtig wahrnahm: er veränderte sich! Aus seiner Juristen-Anwalts-Vonundzu-Welt wuchs er sozusagen sachte in ihre Leiser-Lauter-Angermeier-Welt hinüber, in jene Dreiheit, die sich immer mehr zwischen ihnen, vom einen zum andern, anzuspinnen begann. Wie hätte der Vonundzu sich zurechtfinden sollen inmitten all dieser eben erst im Entstehen begriffenen komplizierten Annäherungen? Er irrte nur immer in Gedanken vom Lauter zur Angermeier, von ihr zu ihm. Wie intim waren die beiden? Und wer von den beiden war überhaupt das eigentliche Objekt seiner Interessen, seiner – frei herausgesagt: Neigung, oder vielleicht schon Liebe? Der Lauter oder doch die Angermeier?

Und da gab es ja noch einen, diesen Leiser, der ihm einen Angermeier-Schal nicht verkauft, sondern – aus welchen Gründen auch immer – geschenkt hatte. Wie passte dieser Leiser nun wieder zum Lauter? Irgendwie schon. Und dann doch wieder nicht?

Der Vonundzu hatte natürlich schon mehrfach Beziehungen zu wirklich bezaubernden Frauen gehabt. Alle gingen sie eines Tages zu Ende. Mal aus diesem, mal aus jenem Grund. In Wirklichkeit aber aus dem einzigen, immergleichen: keine dieser Frauen hatte sich von ihm verstanden gefühlt! Sie hatten ihn alle verlassen, jede hatte ihm irgendwann den Stuhl vor ihre Türe gestellt! Und nie hatte er herausgefunden: "Was mache ich falsch? Was wollen sie denn von mir, diese seltsamen Wesen?"

Wenn er sich seine spektakulären Misserfolge bei Frauen vorhielt – und diese stille Ablehnung hinzurechnete, die ihm indirekt durch Frau Angermeier und spürbarer, doch besonders schmerzhaft, wenn auch sehr diskret, durch den Lauter zuteil wurde, dann musste er sich langsam fragen: wer oder was bin ich, dass alle mich ablehnen, dass keiner hier mich leiden mag? Dabei war das Verhalten der Kollegen und Schreibkräfte, die wochentags in seinem Anwaltsbüro mit ihm und für ihn arbeiteten, der überzeugende Gegenbeweis: Dort mochten ihn alle, anerkannten sein Fachwissen, seine Redegabe, bewunderten seine juristische Brillanz, schätzten seine Unbestechlichkeit, seine Fairness und wie zuverlässig er Wort hielt.

Es blieb ihm nichts anderes übrig: er musste herausfinden, was an ihm stieß den Lauter so ab? oder auch die Frau Angermeier?

Er würde sich analysieren. So, wie er das gewohnt war, wenn er als Strafverteidiger einen neuen, noch völlig undurchsichtigen Angeklagten vor sich hatte, der natürlich nicht mit der Sprache herausrückte und erst einmal alles abstritt, bis der Anwalt ihn endlich davon überzeugt hatte: Am besten ist es für dich, du sagst mir die Wahrheit! Die volle Wahrheit und nichts als die Wahrheit! Langsam tröpfelte sie dann, wenn er Glück hatte, aus seinem Klienten heraus.

Unter schmerzhaften Wehen wollte der Vonundzu also nun – unerbittlich – seine eigene Wahrheit erfragen. Wie sollte das aber gehen? Er war sich doch selber ein Rätsel! Was erwartete er? Irgendwelche Ungesetzlichkeiten? Natürlich nicht! Charakterfehler waren es, die er aufspüren musste – irgendwelche Besonderheiten und Eigenarten, die nicht seine Kollegen, aber diese Menschen hier an ihm entdeckt hatten, woraufhin sie ihn zu meiden suchten, ihm aus dem Weg gingen. Weiter mit seinen Erkenntnissen war er an diesem Tag noch nicht, als ihn die Lust auf eine Orange ankam. Er begann ihre Schale sorgfältig mit seinem sehr teuren, stets bereit gehaltenen Taschenmesser zu zerteilen. Und da ereignete sich das Malheur: die Klinge rutschte ihm aus, und mit Druck glitt des Messers höllisch scharf geschliffene Scheide in den Spalt zwischen Zeigefinger und Daumen seiner linken Hand und brachte ihm eine tiefe Schnittwunde bei. Jeder normale Mensch versorgt solch eine Wunde provisorisch und sucht einen Arzt auf.

Nicht so der Vonundzu. Denn er litt – als Kind von einem Auto überfahren – seitdem an einem schweren Trauma: mit einer klaffenden Kopfwunde von den Sanitätern weggetragen, blutüberströmt, er konnte nicht einmal mehr aus den Augen schauen. Das viele Blut damals war schlimmer als aller Schmerz – vor allem in der Erinnerung. Auch jetzt strömte das Blut nur so aus der Verletzung.

Entsetzt blickte der Vonundzu sich um, fand nur ein zerknülltes Taschentuch zum Verbinden, rannte zur Tür und über die Treppe in die Hotelhalle hinunter, panisch.

Dort saß rein zufällig der Leiser. Er hatte sich inzwischen zu einer Art stillschweigendem Kammerdiener der Frau Angermeier entwickelt. Insgeheim passte er argwöhnisch sowohl auf den Lauter wie insbesondere auf den Vonundzu auf, damit es nur ja nicht – zum Nachteil der Angermeierin – bei den beiden zum Seitensprung käme.

Da rannte nun dieser Vonundzu, das blutgetränkte Taschentuch um die hoch erhobene Hand, einer Ohnmacht nah, auf den Leiser zu: "Helfen Sie mir! Retten Sie mich!" und sank neben ihm in einen Sessel. Den Leiser machte die dramatisch-blutige Erscheinung dieses Menschen, den er ja eigentlich zum Teufel wünschte, sprachlos. Dann – er konnte nicht anders, er musste helfen – zückte er sein sauberes, glattgebügeltes Taschentuch, hielt es dem Verwundeten hin:

"Keine Angst, so schnell verblutet man nicht! Und der Daumen ist auch noch dran! Bleiben Sie sitzen – ich hole ein Pflaster!" Ein Pflaster! Der Verwundete schloss die Augen. Ein Pflaster! Und das für eine solche Verletzung! Mit einem derartigen Blutverlust! Die Natur half ihm: sie ließ ihn, wenigstens kurzzeitig, die Besinnung verlieren.

Der Leiser sorgte, dass ein Notarzt kam, der den Vonundzu samt Leiser ins nächste Krankenhaus brachte, wo die Wunde genäht wurde.

"Bitte, bleiben Sie bei mir, bitte, fahren Sie mit, bitte lassen Sie mich nicht allein!", flehte der Vonundzu. Der Leiser erbarmte sich. Dieser Mensch war ja hilflos wie ein Säugling! Er begleitete ihn also und brachte ihn am Ende auch wieder zurück in sein Hotelzimmer, zog ihm die Schuhe aus, schlug die Bettdecke auf:

"Jetzt, Junge, legst du dich erst einmal hin und ruhst dich aus. Morgen geht's dir schon wieder ein Stück besser. Alsdann – und gute Nacht!"

"Und Sie kommen morgen wieder und schauen nach mir? Sie sind ein Engel, mein Schutzengel, Herr Leiser!"

Der Leiser wusste im Grunde nicht, wie ihm geschah? Er – ein Lebensretter? Ein mehrfacher sogar! Damals für den an einem Kuchenkrümel beinah erstickten Lauter. Jetzt für den am Daumen halb verbluteten Vonundzu. Beiden hatte der Leiser auf einem Tiefpunkt ihres Daseins ohne Wenn und Aber Beistand geleistet. Und nun konnte er einfach nicht damit aufhören: zum verrückten, gelegentlich unzurechnungsfähigen Lauter nahm er jetzt auch noch diesen adligen Typen, diesen total verdrehten, verworrenen Vonundzu unter seine Fittiche. Tagelang war er damit beschäftigt, als Krankenpfleger den Vonundzu mit tröstenden Worten und allerlei Leckerbissen am Leben zu erhalten.

Aber ewig konnte sich dieser von Ängsten gepeinigte Mensch nicht in sein Hotelbett verkriechen. Auf irgendeine Weise musste ihm zurück in die Normalität geholfen werden. Aber wie? Dem Leiser fiel ein: neuerdings hieß es über den Angermeier-Buben und sein sonntägliches Mundharmonika-Spiel, seine Musik wirke heilsam. Musik kann VIELES. Doch eine so besondere Musik – von einem so besonderen Menschen wie ihm – vielleicht konnte sie ALLES? Oder wenigstens diesen völlig durcheinander geratenen Vonundzu von seinem Zittern und Zagen befreien? Also schleppte der Leiser seinen Schützling in die niederbayrische Sonntagsmesse und erwartete gespannt ein anschließendes Wunder. Ein Wunder ereignete sich nicht direkt – vielmehr zeigte es sich erst, nachdem der Vonundzu beim Dorfwirt eine Portion Knödel mit Schweinsbraten und Kartoffelsalat verspeist und alles runtergespült hatte mit einer Maß Bier. Danach war er schlagartig genesen.

Zum Abschied umarmte der Vonundzu den Leiser:

"Ich danke Ihnen für alles, was Sie für mich getan haben – mein lieber Schutzengel! Wie heißen Sie? Ich heiße Ludwig ..."

" Und ich Leo – Leo Leiser. Nicht zu verwechseln mit dem Leo Lauter, meinem Freund! OK?"

Da hörte man den Vonundzu zum allerersten Mal schallend lachen. Aber mitten in sein Lachen sagte der Leiser streng:

"Eins sag' ich dir – lass' die Finger vom Lauter, sonst gibt's Krieg!"

Weiterhin aber war und blieb der Vonundzu ein Eindringling. Jedesmal, wenn er sie besuchte, versperrten ihm der Lauter und die Angermeierin den Zutritt, da konnte ihm auch sein Schutzengel Leiser, der ihn inzwischen ganz gut leiden mochte, nicht helfen. Es hatte sich zwischen diesen Dreien, dem Lauter, dem Leiser, der Angermeierin – ein so wunderbares Gleichgewicht zwischen Anziehung und Abstoßung eingestellt – jeden trennte vom andern der gleiche Abstand, vereinte die gleiche Nähe. Sie kamen sich nie allzu nah – und sie gingen sich nie zu weit aus dem Weg. Es war ein Zustand von einer so harmonischen Geometrie – in die passte einfach kein Vierter.

Oder war das eine Augentäuschung?

Es fing damit an, dass der Leiser den Lauter vorsichtig bedrängte:

"Die Angermeier wird von Tag zu Tag schöner – aber eines Tages ist sie verblüht!"

Von dieser eigenartigen Schlussfolgerung keineswegs befremdet, er kannte ja seinen Leiser, sagte der Lauter nur:

"Ja, du hast recht. Es ist ein Wunder!"

"Und warum heiratest du sie dann nicht?"

"Um Himmels willen! Sie dem Edgar vor der Nase wegschnappen? Das wäre wohl ein seltsamer Freundschaftsdienst!"

"Lauter, der ist doch tot! Liegt unter der Erde und seine Seele ist droben im Himmel! Lauter! Die Angermeierin braucht einen lebendigen Mann, einen, der noch ein Mann ist. Du liebst sie doch – oder ist das vorbei?"

"Leiser, sie war meines Freundes große Liebe, auf die er verzichten musste. Davon habe ich nichts gewusst, das habe ich erst vor kurzem erfahren. Edgar wurde ja dann *mein* Lebensgefährte. Heute frage ich mich: war ich für ihn zwanzig lange Jahre nur der Luisa-Ersatz? Nie hätte er anstelle dieser wunderbaren Luisa eine andere Frau lieben können! Also hat er sich einen Mann gesucht – mich. Leiser, es schmerzt mich, dass ich für ihn nur eine Leerstelle ausfüllen durfte, auf die er sich immer nur die Eine, die Einzige hingewünscht hat! Und während ich mit ihm zusammen war, blieb er ihr alle Zeit mit der sehnsüchtigsten, der leidenschaftlichsten Liebe verbunden.

Wie seltsam das Leben manchmal mit den Menschen spielt! Ich bin bloß ein Lückenbüßer für Edgar gewesen. Er hingegen war meine große Liebe. Die Frau Angermeier jedoch, die in Wirklichkeit ja auch eine Vonundzu ist – wie könnte ich die denn heute noch heiraten, Leiser? Die gehört doch dem Edgar, für immer und ewig. Ja, stricken, das können wir noch zusammen, ich kann weiterhin ein Freund für sie sein. Aber ich ihr Mann und sie meine Frau? das geht nicht. Das ist vorbei!"

Der Leiser war am Verzweifeln. Jeden von ihnen drehte und wendete er in seinen Gedanken um und um. Was lief falsch? Was musste sich ändern? Da hatte sich nun auf seine alten Tage ein so kostbares Miteinander ergeben – zwei Freunde, an die sich der Leiser früher nie herangetraut hätte, und die, anstatt das Beste daraus zu machen – nämlich einander zu heiraten – lieber alt und grau wurden, jeder für sich allein. Verrückt! Dass er der einzig Vernünftige in diesem Freundschaftsbund sei, das stand für den Leiser fest. Auch an der Frau Angermeier, die er tief verehrte, zweifelte er. Nie würde er verstehen, wie sie ihren Sohn hatte hergeben können. Obwohl er ja seine Schwester Agath' von Herzen liebte, immer ihr schweres Schicksal vor Augen hatte und sie für die beste Mutter der Welt hielt. Aber den Buben gleich verschenken an sie, nein, das hätte die Frau Angermeier nicht gedurft, das war schon fast eine Sünde. So etwas tut eine Mutter einfach nicht!

Es war für den Leiser nur *ein* Schritt, von der Frau Angermeier auf das gesamte weibliche Geschlecht zu schließen. "Wahrscheinlich sind sie halt so, die Frauen, alle Frauen. Lassen sich einfach hinreißen, ohne vernünftigen Grund." Bis zu ihm war die etwas modernere Sichtweise des 21. Jahrhunderts noch nicht gedrungen. Er blieb bei der vormodernen Kategorisierung: Männer sind Verstandesmenschen, Frauen gehen nach ihrem Gefühl. Gefühle sind gut und schön, aber sie schwanken – mal hin und mal her – für Beweise und Begründungen dagegen sind Frauen meist unzugänglich. Während Männer sich auf nichts als auf Argumente verlassen – und auch noch viel weniger Wörter dafür brauchen. Auf Letzteres legte der Leiser besonderen Wert, in seiner Ehe war er dem überwältigenden Überfluss seiner Gattin an Worten oft nicht gewachsen gewesen. Dunkel erinnerte er sich ihrer.

Der Leiser war, seinem Herkommen nach, in vielerlei Hinsicht auf Klischees und Vorurteile angewiesen. In seiner Jugend hatte er weder genug Geld noch Zeit gehabt, sich einen Rucksack voll Schulwissen anzueignen. Schon als Jugendlicher hatte er die Familie ernähren müssen. Erst war der Vater immer betrunken, dann hatte er sich aufgehängt. Um überhaupt mitreden zu können, versorgte er sich später durch Hörensagen, Fernsehen und Illustrierte mit allerlei Halb- und Viertelsweisheiten, verließ sich auf das, was so über die kleinen und größeren Schwierigkeiten mit Frauen im Umlauf war. Dem weiblichen Teil der Menschheit konnten diese anscheinend unausrottbaren Leiserschen Vorurteile - wie auch die eines Großteils rückständiger Männer – natürlich vollkommen gleichgültig sein.

Doch ausgerechnet sie und mehr noch seine Enttäuschung über die Frau

Angermeier verhalfen ihm eines Tages zu einer wundersamen Sinnesänderung, im Sinne von: Kein Wunder, wenn Männer mit Männern ... Es war eine leise, fast verschämte Kapitulation. Sie begann mit einem gewissen Vorlauf. Anfangs nämlich hatte er nur einen gewissen Verdacht:

"Dieser Adlige, dieser Vonundzu – viel zu oft kommt er Samstags und Sonntags her. Und wen besucht er? Den Lauter! Nicht mich, seinen Schutzengel – zu mir kommt er nur, wenn er mich braucht! "

Er stellte den Lauter zur Rede_

"Hast du vielleicht was mit dem? Ich werd' verrückt! Du und dieser Mensch? Aber das sag' ich dir: da geh' ich dazwischen! Glaub' ja nicht. dass du mit dem was anfangen kannst und ich lass' das zu! Die Angermeierin betrügen, das wär' das Letzte, das Allerletzte!"

"Leiser, hör auf! Denk dir bloß nicht so einen Mist zusammen. Edgars Geliebte, seine Dulcinea – ich liebe sie ja, nur eben von fern, genauso wie du. Sie will mich ja gar nicht. Das müsste dir doch genügen!"

Soso, die Angermeier wollte den Lauter nicht?

Aber ihm Stricken beibringen, liebäugeln mit ihm, kokettieren, das erlaubte sich die Frau Angermeier! Nur so zum Spaß!

Und der Lauter nahm das einfach hin? Ihm, dem Leiser konnte er aber nichts vormachen! Der Lauter war ja noch immer – oder vielleicht schon wieder – ein Homo! Der spielte deshalb das Spiel einfach mit. Und der Vonundzu, war der eine Art Fuchs, der von weitem den Braten roch und die ganze Zeit um den Lauter herumschlich, weil er am Ende selber so einer war?

Na, wenn schon?

Doch auf keinen Fall wollte er seinen Lauter noch einmal davonjagen, ihn der verflixten Moral wegen verlieren. Viel zu gern hatte er den Lauter inzwischen! Verzweifelt suchte und fand er, was man landläufig eine Eselsbrücke nennt.

"Ja, wenn die Frauen so sind wie die Frau Angermeier – und sie sind so! – dass sie den Männern nur schöne Augen machen, um sie hernach stehen zu lassen, geschieht ihnen dann nicht ganz recht? Man kann's ja schon beinah verstehen, wenn Männer mit Männern ... "

Nach dieser äußerst speziellen Logik konnte der Leiser von jetzt an Lauters Homosexualität – na ja – vor sich selber rechtfertigen, ihr sogar in seiner Weltordnung ein geheimes Bleiberecht zugestehen. Vor allem aber konnte er seinem

Freund Lauter weiterhin herzlich zugetan bleiben.

So rettete er, indem er seine Moral über Bord warf, nicht nur das wunderbar feine Gespinst ihrer dreieinigen Freundschaft, sondern – falls es die Vorsehung wollte – bei Gelegenheit würden sie auch noch den Vonundzu mit ins Boot nehmen.

Schon lange hätte der Leiser gern einmal ein gutes Wort für den Vonundzu eingelegt. Er tat ihm leid. Jetzt, wo sie durch das blutige Daumen-Abenteuer sozusagen miteinander verbandelt waren, fand der Leiser ihn, wenn er ihn sich genauer ansah, gar nicht so unrecht, vielleicht sogar beinahe sympathisch. Er hätte wahrscheinlich ganz gut zu ihnen gepasst? Vor allem zum Lauter, die beiden hielt der Leiser für nahezu gleich verrückt – die müssten sich doch miteinander verstehen?

Der Leiser begann also, den Lauter ein wenig zu bearbeiten, ihm einzuflüstern, dass es ja fast unmenschlich sei, wie sie den Vonundzu behandelten, ihm aus dem Weg gingen, ihm nie ein freundliches Wort gönnten, ihn überhörten, übersahen und, wo sie nur konnten, ihm kaltherzig ihre Tür verschlossen. Das traf den Lauter.

Aus reiner Menschlichkeit fädelte der Leiser dann eine Beziehung zwischen dem Lauter und dem Vonundzu ein – und das, obschon er Letzterem erst kürzlich noch den Krieg erklärt hatte, falls er nicht die Finger vom Lauter ließe. Dem Leiser kam es nun plötzlich aufs genaue Gegenteil an. Dass aus ihnen was würde? Ein Paar?

Der Leiser - ehemaliger Geschäftsmann und daher Menschenkenner – wusste jedoch, wenn sein Plan aufgehen sollte, musste einer der beiden sich gewaltig ändern. Und das war nicht der Lauter, das war der Vonundzu. Denn der war ja vorläufig bloß ein kaltblütiger Jurist, mit nichts als Paragraphen, Verteidigungstricks und Strafmaßnahmen im Sinn – einer, der erst in Todesangst, wenn's um Kopf und Kragen ging, vom Gesetzbuch zum Menschen wurde. Vielleicht ließ sich eine Art Nachbesserung bei diesem Menschen erreichen? Ein Zufall spielte ihm einen Prospekt zu. Nachdem er ihn sorgfältig studiert hatte, versuchte der Leiser, konspirativ eine Begegnung zwischen dem Vonundzu und dem Lauter zu arrangieren, bei dem vor allem dem letzteren kein Ausweichen möglich wäre.

Zuerst schwärmte er dem Lauter von einem in diesem Prospekt in höchsten

Tönen gepriesenen, sogenannten Schweigekloster vor, das allerdings nicht mehr in kirchlicher Hand, sondern längst an ein weltliches Unternehmen verkauft war. Mit der Idee therapeutischen Schweigens warb es gezielt um ausgebrannte Geistesarbeiter, um Wissenschaftler, Ingenieure, Journalisten, Architekten, Künstler – also um kaufkräftige Intellektuelle, die auf Hilfe für ihre Wiederherstellung hofften.

"Hm, Geistesarbeiter, Intellektuelle ... Für so was halte ich mich eigentlich nicht, das dürftest du wissen, Leiser. Und ausgebrannt bin ich auch nicht. Im Gegenteil. Die Strickerei, solange sie immer gradaus geht, tut dem Geist unglaublich wohl, Ich habe schon lange nicht mehr so gut nachdenken können wie beim Stricken! Es ist ja auch eine Art meditative Tätigkeit. Man könnte direkt eine Heilpraxis damit aufmachen für solche ausgebrannten Existenzen – das würde sie vielleicht besser wieder instandsetzen als schweigen! Man ist kreativ, das allein schon baut einen auf, und übrigens schweigt man ja auch beim Stricken, weil man normal dabei allein ist. Man hat also beides, Stricken und Schweigen. Wozu brauche ich da noch ein Kloster, das gar kein Kloster mehr ist? Ohne Glockenläuten, Messe, brennende Kerzen, eine zu Herzen gehende Predigt – ohne Choräle singen und Orgelspiel?"

Der Lauter war wirklich ein harter Brocken.

Doch dem Leiser zuliebe studierte er noch einmal das gedruckte Programm.

Man müsste also ein Wochenende – zwei Tage und eine Nacht – vollkommen auf jede denkbare Art von Kommunikation verzichten, sich nur noch der Spiritualität des Schweigens hingeben. Widerspruchslos, passiv, total?

Nein, ganz im Gegenteil! Der Teilnehmer nämlich – so der Prospekt – sollte sich höchst aktiv und mit dem ganzen Gewicht seiner Seele, seines Geistes in die geheimnisvollen Untiefen des Schweigens versenken, tiefer und tiefer in seine Abgründe hinabgleitend seine Beschaffenheit erkunden, ihm das Geheimnis seiner Substanz, seiner Absolutheit entringen – um am Ende aus diesem teils feindlichen, teils freundlichen Element, diesem Meer unendlichen Schweigens sieghaft, strahlend, wie neugeboren emporzutauchen. Und, wie der Prospekt es verhieß, nach diesen beiden in tiefster Stille verbrachten Tagen sich dankbar vom Schweigekloster verabschieden, erfüllt von einem neu entzündeten Lebensmut, wunderbar klarem Denkvermögen und einer Fülle nie gekannter, phantastisch frischer Ideen.

"Na ja, Leiser, ich mag eigentlich viel lieber zuschauen und darüber sinnieren, wie ihr in der Werkstatt die Radl auseinander- und wieder zusammengeschraubt. Aber du meinst wirklich, mir täte so etwas wie zwei Tage lang schweigen gut? Die reden derart verrückt übers Schweigen, dass ich fast schwach werden könnte."

"Na also, Lauter, dann unterschreib!"

Nachdem endlich seine Zusage feststand, erwähnte der Leiser – ohne es den Lauter wissen zu lassen – scheinbar zufällig beim aufmerksamen Vonundzu den Ort, den genauen Termin und das klösterlich barocke Ambiente, wo der Lauter sich ein Wochende lang schweigend einem geistigen Großputz unterziehen wollte. Es funktionierte.

Im Kloster selbst herrschte das angekündigte, strenge Schweigegebot. Beim Kommen und Gehen wurde nur mit wortlosem Kopfnicken gegrüßt und man verbarg sein Gesicht, so gut es ging, sofort wieder in der Kapuze eines eigens vom Haus gestellten, für alle gleichen, wallenden Überwurfs. Das Programm des Vormittags erfüllte sich in einer nicht ganz zweistündigen, nur in regelmäßigen Abständen vom Silberklang eines Glöckchens unterbrochenen Schweige-Sitzung, in der ausschließlich, jedoch differenziert über den Begriff und die nur dem inneren Auge sichtbare, unendliche Ausdehnung der Leere, ebenso wie über die mögliche (oder unmögliche?) Vorstellbarkeit des Nichts meditiert werden sollte. Nach dem Mittagessen sollten die Gäste in zwei freien Nachmittagsstunden in Gottes freier Natur, einsam und unbegleitet, im Angesicht majestätischer Höhen geruhsam umherspazieren. Naja, zur Not war auch ein gemeinsames Gehen bei absolutem Schweigen nicht direkt verboten – wobei jede Art von stummer, gestischer oder mimischer Kommunikation unbedingt zu vermeiden und keinerlei Kontakt, nicht einmal ein nur gefühlter, erlaubt war. Danach würde man sich am Spätnachmittag wieder zusammenfinden und sich bis zum Nachtmahl zu einem weiteren, mehrstündigen, nur durch mächtige Gongschläge unterbrochenen, feierlich zelebrierten meditativen Schweigen vereinen.

Voll guten Willens, sich in alle den Teilnehmern am Vormittag nochmals angemahnten therapeutischen Ziele hineinzuversetzen, machten sich jeweils am frühen Nachmittag der Lauter wie der Vonundzu einsam auf ihren Weg. Schon an der übernächsten Ecke begegneten sie einander.

Die beiden Schweigegenossen begrüßten sich stumm. Dem Lauter verschlug es vor Überraschung, nicht etwa aus Disziplin die Sprache. Welch ein unglaublicher Zufall! Der naive Lauter war fassungslos. Er wollte sich gleich wieder verabschieden, eingedenk der ihnen eingehämmerten Empfehlung: die totale Isolierung des einzelnen Teilnehmers sei die therapeutische Grundvoraussetzung dieser Tage. Unbedingt solle jeder für sich bleiben, den ganzen ersten Tag, auch beim Spazierengehen vereinzelt, sich ausschließlich der Selbstprüfung und Selbstbeobachtung widmen, ergründen: wie gut halte ich das Schweigen aus? Was passiert durch das Schweigen mit mir? Mich selber anschweigen, geht das? – und wie? Was verschweige, sprich, verstecke ich vor mir selbst? Der Lauter hatte eben erst begonnen, sich einen Überblick über die Abgründe seines Inneren zu verschaffen – es sah eigentlich nicht schlecht damit aus – da wurde er schon gestikulierend vom Vonundzu zum gemeinsamen Weitermarsch eingeladen.

Nolens volens stimmte er kopfnickend zu. Sie wanderten also längere Zeit schweigend auf dem immer holpriger werdenden Weg nebeneinander her. Irgendwann begann einer damit, einen Stein zu kicken, bald bolzten beide gemeinsam, wobei sie sich zwischendurch auch mal anstupsten und auf eine hübsche Blume, auf einen besonderen Weitblick aufmerksam machten, auf eine weiße Wolke am blauen Himmel. Und zum Schluss wetteiferten sie, wenngleich nach wie vor schweigend, wessen Stein beim Weitwurf den Sieg davontrug. Natürlich erreichten sie dabei nicht gerade die ihnen so dringend empfohlene helle, durchsichtige, gleichsam abstrakte Gemütslage. Längst hatten sie die unbedingt gebotene Distanz verloren, immer mehr gerieten sie in lustvollen Übermut. Das aber waren genau jene Fallstricke der Kommunikation, die sie unbedingt hätten vermeiden müssen. Dann, als die beiden auf einem harmlosen Felsabhang vergnügt, wenn auch noch immer wortlos herumturnten, kippte dem Vonundzu ein dicker Stein unter den Füßen weg, er verlor das Gleichgewicht und schlug der Länge nach hin.

Jetzt erwartete den im Sanitäts- und Rettungswesen herzlich unerfahrenen Lauter eine Beinah-Tragödie, ähnlich dem unlängst vom Leiser so erfolgreich gemeisterten Vonundzu-Blutbad. Der Lauter dagegen: hilflos, Katastrophe! Dann wehrte sich der Verletzte auch noch verzweifelt gegen Lauters Versuch, ihm aufzuhelfen. Denn wie sollte der angesichts seiner zahlreichen Knochenbrüche und schwerstens verletzter innerer Organe aufstehen können? Er lag am Boden und da wollte er bleiben, stöhnend vor maßloser Angst und Entsetzen.

Den Lauter erfüllte tiefes Mitleid. Rings um den Verunglückten entfernte er alles lose Gestein. Er deckte den Verunglückten mit seiner Jacke zu, wärmte mit liebevollem Streicheln auch seine Seele, konnte ihn so nach und nach dazu bewegen, dass er sich vorsichtig auf den Rücken drehen ließ.

Dann kniete er sich zu ihm, nahm den Kopf Vonundzus in beide Hände:

"Du musst keine Angst haben. Wenn das Handy versagt, hole ich Hilfe zu Fuß." Aber der Vonundzu flehte:

"Geh nicht weg! Bleib bei mir. Ich sterbe! "

Der Lauter strich ihm weiter sanft über die Wangen.

"Aber so schnell stirbt man doch nicht."

"Ich schon. Bleibe nur noch so lange bei mir, bitte! – bis es mit mir vorbei ist."

Nun überkam den Lauter denn doch eine Spur Wirklichkeitssinn:

"Lass dir Zeit damit, lass dir Zeit! Ich verlasse dich nicht. Schließe die Augen. Fühl' deine Beine, fühl' deine Arme. Kannst du sie vorsichtig bewegen?" Er redete und redete und redete – und merkte: das half! Ach, dachte der Lauter, da kann man wieder mal sehen, was das Schweigen wert ist – gar nichts! Es trennt. Reden verbindet.

Noch weit mehr half liebevolles Streicheln. Nach einer guten Stunde gelang dem Vonundzu unter Lauters Zuspruch das Aufstehen. Halb gestützt und halb getragen brachte der Lauter den Patienten den langen Weg zum Kloster zurück. Von dort gelangten sie dann mit dem herbeitelefonierten Taxi in der nahen Kleinstadt zu einem Arzt und von da weiter in ein Hotel. Ein wenig schuldbewusst, wenngleich erleichtert waren sie damit dem Schweigekloster entronnen, endgültig. Beide hatten sie schon am ersten Schweige-Vormittag gedürstet nach Sprache, gelechzt nach reden, sprechen, sich äußern – hatten geseufzt nach Worten, Lauten, Vokalen, Konsonanten – sich gesehnt nach Punkten, Kommas, Doppel- und Strichpunkten – nach Ausrufe- und Fragezeichen, nach Gedankenstrichen und sonstigen grammatikalischen Delikatessen, die allesamt jeder rhetorisch empfindsame Mensch stimmlich mühelos hörbar zu machen vermag. Mit ganzer Seele hatten beide, der Jurist wie der Werbemensch im Stillen das Schweigen verwünscht.

Dem Vonundzu widerfuhr mit diesem Abenteuer, was der Leiser von ganzer Seele erhofft hatte. Seine erneute Kalamität verhalf diesem offenbar von steter, angeborener Ungeschicklichkeit heimgesuchten Menschen zu einem echten Freund, dem Lauter diesmal. Der Leiser, der die beiden mit seinem uralten VW von ihrem Flucht-Hotel abholte und nachhause brachte, nahm es zufrieden zur Kenntnis, selbstlos.

"Edgar", sagte der Lauter einige Zeit später, nachdem er die neue Freundschaft vorsichtig geprüft und schätzen gelernt hatte. "du wirst mich vielleicht nicht verstehen. Aber du hast mich so einsam zurückgelassen! Dazu die Frau Angermeier, der ich schon so nah gekommen war – die hast du im Grunde mir ja wieder weggenommen, sozusagen vom Himmel aus, mit deinem Brief. Mit Recht, sie gehörte dir ja. Ich wusste es nur nicht. Aber ich respektiere es, obgleich es mir schwer fällt. Denn dadurch bin ich jetzt sozusagen doppelt allein!

Und da kommt nun eines Tages dieser Ludwig daher, den der Leiser den Vonundzu nennt. Um ein Haar wär' er mir weggestorben, aber das war ihm dann doch nicht vorbestimmt. Er kam noch einmal davon, mit viel Weh und Ach. Sein furchtbares Jammern, grade das hat ihn mir erst richtig sympathisch gemacht. Es war der Beweis: Er ist wirklich ein Mensch, nicht bloß ein Jurist. Und dieser Mensch ist derart brillant, wie mir noch nie jemand begegnet ist – dich ausgenommen. Du warst ja ein Genie, Edgar – und was für eines. Ich war immer, mit dir verglichen, nur ein ganz kleines Kirchenlicht. So ähnlich geht es mir jetzt mit dem Vonundzu. Wieder fühle ich mich beschenkt – wie damals von dir, ich, der Werbefritze mit meinen verlogenen Sprüchen und Werbekampagnen. Viel mehr als Verkaufen kann ich ja nicht.

Sag' selbst, Edgar, muss ich deinetwegen die neue Freundschaft wieder aufgeben? Damit du im Jenseits mir treu bleibst? Das haben wir uns doch versprochen: Treue über den Tod hinaus!"

Die Woche über ging der Lauter nach wie vor zum Stricken zur Angermeierin. "Ich bete sie weiterhin an!" dachte er. "Aber natürlich, ich darf es ihr nicht mehr sagen. Der Edgar würde mich noch vom Himmel herab dafür strafen."

Genau, wie es der Leiser vorgehabt hatte mit seiner Kontaktiererei, flogen jetzt wenigstens die Wochenenden dem Lauter zusammen mit dem Vonundzu nur so dahin, mit herrlichen Bergauf- und Talab-Wanderungen. Edgars Passion für die Dendrologie hatte in der Leidenschaft Vonundzus für die Geologie eine Nachfolge gefunden.

Der Jurist besaß auf diesem Gebiet ein erstaunliches Wissen, fern seinem Beruf – über jenen Felsort zum Beispiel, der ihm erst kürzlich fast zum Verhängnis geworden war. Er wusste alles über Steine, Geröll, Fels und Gewässer, über die wunderbare Grünheit hochgelegener Wiesen, über ihre Gewächse und über das ganze, in Urzeiten von einem Urmeer in-, auf- und übereinander geschichtete und geschobene Gestein und Gebirg.

Lauter, sein begieriger Zuhörer, beflügelte den angeblich so trockenen Juristen zu hinreißenden Spekulationen – etwa über die Entstehung der Welt bis hin zu ihrem Untergang. Gerade das liebte der Lauter: dass man das eine eben doch nicht so genau wusste, und das andere schon gleich gar nicht. Der Ur-Anfang zum Beispiel, diese vielen Jahr-Milliarden zurück – oder waren es nur Millionen? Und stimmte es überhaupt, was die Wissenschaftler behaupteten? Edgar hatte das Genaue, Bestimmte, das absolut Sichere geliebt, alles Ungefähre abgelehnt. Er, Lauter, mochte das nicht so ganz Gewisse, bis hin zu bloßen Vermutungen und Uneindeutigkeiten – alles halt, was der Phantasie einen Spielraum ließ.

Neben seinen geologischen hatte der Vonundzu auch noch eine ganze Reihe anderer Interessen. Er hatte auch gar nicht Jura studieren wollen, aber als drittem Sohn blieb ihm nichts anderes übrig – es wäre noch Kunstgeschichte möglich gewesen, um später die adligen Kunstschätze zu betreuen. Aber ausgerechnet zur Kunstgeschichte zog es den Vonundzu gerade nicht hin, er wäre sonst der Kunstsklave – wie Edgar der Kochsklave – seines Geschlechtes geworden.

So fanden die beiden in ihren Gesprächen über die ausgefallensten Themen auf ganz eigene Weise zusammen. Das hatte keiner und auch nicht der Leiser vorausschauen können, der das Ganze ja angerichtet hatte. Indirekt gehörte auch der Vonundzu damit ein klein wenig zum Dreigestirn. Aber dann geschah das Unglück. Die Idylle zerbarst.

Die Agath' rief ihren Bruder, den Leiser, an.

"Der Bub ist weg!"

"Wie weg, Agath'?"

"Verschwunden. Seit gestern. Hat einen Spaziergang gemacht, wie fast jeden Tag. Ist nicht heimgekommen. Niemand hat ihn gesehen. Lieber Gott! Was ist mit ihm passiert? Bitte komm!"

Als der Leiser eintraf, hatten die Suchtrupps den Buben bereits gefunden

– weit weg vom Dorf, in einer kleinen Berghütte. Er hatte sich in eine Ecke verkrochen, starr, war nicht ansprechbar.

Immer und immer wieder musste er missbraucht worden sein, war der Vergewaltiger über ihn hergefallen, brutal, bis der Junge nur noch ein Stück blutiges Fleisch war. Wer hatte diesen unschuldigen Menschen so gehasst, dass er ihn – so schien es – auf diese Weise hatte umbringen wollen, ihn quälen bis zum Tod? Es gab keine andere Erklärung: es musste ein nicht ganz zu Ende vollbrachter Mord sein. Es fehlte nur noch ein Messerstich. Oder sollte das Opfer gerade nicht sterben, sollte weiterleben und leiden, leiden – so verwundet, so erniedrigt, so zerstört?

Man flog ihn ins Krankenhaus, wo ihn erfahrene Ärzte zusammenflickten. Tag und Nacht saß die Agath' an seinem Bett, versuchte, ihn zu beruhigen. Aber seit er aus der Narkose erwacht war, schrie er, der in seinem ganzen Leben nie auch nur ein einziges Wort gesprochen hatte, bis zur Erschöpfung, verzweifelt – zuletzt konnte er nur noch flüstern:

"Hiiilfe! Hiiilfe! Hiiilfe ... "

Das ganze Krankenhaus mit seinen paar hundert Patienten nahm Anteil an seinem Schicksal. Aber nun musste man ihn weitab, isoliert, sozusagen in einer Besenkammer unterbringen, um die anderen Patienten vor seinen durchdringenden Schreien zu schützen. Man erwog auch bereits, an welche Einrichtungen der offensichtlich geistig behinderte junge Mann weitergereicht werden könnte, sobald seine Wunden verheilt wären.

Erst nach einigen weiteren Tagen wurde der Agath' bewusst: wo war denn der Karl, ihr Mann? Ebenfalls weg? Seit dem Verschwinden des Buben hatte sie ihn nicht mehr gesehen, auch sonst wusste niemand, wo er sein konnte. Man machte sich wiederum auf die Suche. Er wurde in derselben Hütte gefunden, wo der Bub Stunde um Stunde von ihm gequält worden war. Da hatte er sich – an der Türklinke, innen – erhängt.

Die Psychologen, die Ärzte, die Polizei zogen rasch ihre Schlüsse. Dieses wildfremde Kind hatte man ihm wie ein Kuckucksei in sein Nest gelegt, angeblich als Ersatz für sein eigenes, totgeborenes Kind. Niemand hatte ihn gefragt, ob ihm das recht war! Zwanzig Jahre lang konnte er dann sehen, wie er diesen Wechselbalg großzog. Nicht so ganz leicht für ihn. Trotzdem war er dem Buben kein schlechter Stiefvater gewesen, hatte ihn nicht geschlagen, war nicht grob mit ihm. Für die Agath' jedoch hatte der Fremdling von Anfang an das

Ein und Alles bedeutet – wahrscheinlich viel viel mehr, als ihr das eigene, das verstorbene Kind, *sein* Kind, je wert gewesen wäre. Vielleicht hatte sie sogar gehofft, dies unerwünschte Kind käme von vornherein tot auf die Welt?

Sie befragten die Agath' direkt:

"Wann hatten Sie das letzte Mal Geschlechtsverkehr mit Ihrem Mann?"

"Vor zwanzig Jahren, als er mir das tote Kind – einen Buben – gemacht hat."

"Und seither nicht mehr?"

"Seither nicht mehr. Kein einziges Mal. Ich hab' ihn ja heiraten *müssen*, zur Strafe. So hat es der Vater bestimmt."

In zwanzig Ehejahren hatte ihn dann die Agath' nicht mehr an sich herangelassen. Dafür hatte er sich jetzt furchtbar gerächt.

Nach vielen Tagen und Nächten am Bett ihres Sohnes, dessen Hilferufe endlich verstummten, brach die Agath' am Ende ihrer Kräfte zusammen. Daraufhin besuchte der Leiser die Frau Angermeier.

"Jetzt ist der Bub also ganz allein. Die Agath' hatte eine Ohnmacht – und ob mehr dahinter steckt, weiß man noch nicht, nur, dass sie halt vollkommen erschöpft ist. Jetzt liegt sie auf Station, und den Bub zu besuchen ist ihr verboten. Damit sie ihn nicht mit irgendwas ansteckt, sagen die Ärzte. Weiß Gott, ob das alles wahr ist, was die einem erzählen.

Aber jetzt, Frau Angermeier, muss sich die richtige Mutter um den Buben kümmern, bis die Agath' es wieder kann. Der Bub muss ständig jemand bei sich haben. Als die Agath' einmal eine Nacht auf ihrem Stuhl eingeschlafen war, ist der Bub aufgestanden und wollte auf und davon. Grad' noch an der Pforte haben sie ihn eingefangen. Vielleicht, wenn wir uns nicht kümmern, stecken sie ihn einfach in die Psychiatrie, in die "Geschlossene"? Und da kann er dann vollends krepieren in seiner Hilflosigkeit. Denn außer der Agath' sorgt ja niemand für ihn.

Liebe Frau Angermeier, Sie haben Ihren Sohn an meine Schwester verschenkt – aus Liebe! – aber er ist Ihr Fleisch und Blut, und das bleibt er! Was werden Sie also tun?"

Und ehe sie etwas entgegnen konnte, schlug er vor:

"Wir drei wechseln uns Nacht für Nacht ab – erst ich, dann der Lauter, und eine Nacht Sie? Dann ist der Bub versorgt und hat seinen Frieden."

Als erster schaltete sich dann der hochmögende Vonundzu ein. Er alarmierte seinen Clan und überwies dem Krankenhaus eine angemessene Spende, woraufhin der Patient aus dem abgelegenen Flügel wieder ins normale Klinik-Ambiente verlegt wurde; in sein früheres, helles, freundliches Krankenzimmer mit Dusche und Toilette. Na also, es ging doch!

Dort lernten die Drei endlich den vielgesuchten "Buben" kennen, der längst kein Bub mehr war.

Dann wurden die Abfolgen der nächtlichen Sitzwachen mit der Station vereinbart. Und wer nachts frei hatte, setzte sich tagsüber ein paar Stunden zum Patienten. Sie befragten ihn, ob sie ihm ab und zu etwas vorlesen dürften? Als er sie ohne Antwort nur ratlos anschaute, fing die Angermeierin einfach mit Grimms Märchen an. Der Lauter, den der Vonundzu damit angefixt hatte, lieh sich von ihm ein allgemeinverständliches Buch, das so anschaulich und spannend wie möglich die Urzeit und die Entstehung der Alpen beschrieb. Der Leiser hingegen dachte sich etwas besonders Schönes aus: er brachte ein Abspielgerät und Musikkassetten herbei und probierte vorsichtig, ob der Patient daran Gefallen fand. Gleich zu Anfang hatten sie ihm seine Mundharmonika mitgebracht, er hatte sie aber sofort wieder an sie zurückgereicht. Er wollte sie nicht einmal im Nachtkastl behalten. Kein gutes Zeichen.

Die Agath' wurde mittlerweile gründlich durchuntersucht. Diagnose: Brustkrebs, aber das wusste sie ohnehin. Sie hatte es längst ertastet. Jetzt ergab sie sich endlich in die nötige Operation. Sie tat es leichten Herzens, denn:

"Der Bub ist ja gottseidank versorgt!"

Und sie ließ sich auch überzeugen, die nachfolgende Chemo-und Strahlentherapie auf sich zu nehmen.

Eigentlich hatte sich damit alles gefügt und das Trio, das mit dem Vonundzu nun doch beinahe zu einem Quartett, und – wenn man die Agath' noch mitrechnete – zu einem Quintett geworden war, befand sich in einem Zustand wunderbaren Einvernehmens.

Für die Zeit ihrer monatelangen, schmerzvollen Behandlung wurde die Agath' wohlversorgt in einer Pflegeeinrichtung untergebracht, ohne dass man sie wissen ließ, dass der Vonundzu dafür aufkam.

Dem Buben erklärte man:

"So lange du auf die Mama verzichten musst, werden wir drei – der Lauter, der Leiser, die Frau Angermeier – nacheinander für dich sorgen. Du kennst uns ja schon von den Nacht- und Tagwachen im Krankenhaus. Es wird dir gut gehen mit uns! Zuerst wohnt der Leiser einen Monat bei dir, danach der Lauter und am Schluss die Frau Angermeier – und dann fängt die Reihe wieder von vorne an, so lange, bis die Agath' wieder nachhause kann."

Es schien, der Bub sei in Gottesnamen einverstanden.

Der Leiser, als Erster, hatte wieder einmal eine Idee: er schenkte dem jungen Mann, der Ähnliches schon oft bei seinen Kameraden im Dorf gesehen hatte, einen Laptop. Der Junge, den man im Krankenhaus für geistig behindert gehalten hatte, ging mühelos damit um. Jede Art von Information, dazu Spiel und Spaß, was immer ihm in den Sinn kam, bot ihm das Ding.

Der Lauter spazierte mit dem Johannes zuerst nur so ein bisschen herum, sie durchstreiften gemeinsam das nahe Umfeld. Nach ein, zwei Wochen glich er ihr erholsames Nichtstun behutsam mit längeren Fußwanderungen im sanften Vorgebirgsland aus.

Und was hatte sich die Frau Angermeier für ihren Sohn überlegt, der ja von seiner engen Beziehung zu ihr noch immer keine Ahnung hatte, was sich nach aller Beteiligten Meinung auch nicht ändern sollte – der Agath' zulieb? Sie zeigte ihm einen ihrer Schals und brachte ihm dann – er gierte förmlich danach – das Stricken und Häkeln bei! In Kürze beherrschte er beides, und es machte ihm, das konnte man sehen, großen Spaß.

Die Farben! Die Farben dieser kostbaren Wolle! Sie verzückten ihn! Und dies wunderbar feine Wollmaterial! Die Angermeierin überließ ihm, was immer er sich aussuchte – auch wenn er sich dann in sein Zimmer zurückzog mit diesen Schätzen. Um dort wie ein Kind mit dem kostbaren Material zu spielen? Es zu vergeuden? So verging ihr Monat. Der Bub brachte ihr am Ende einen fertigen Schal, wie ihn die Frau Angermeier niemals gewagt hätte: leuchtende Farbkombinationen, durchzuckt und durchzogen von wilden, ausgefallenen Einsprengseln. Als sie ihn versuchsweise im Internet anbot, war er im Nu verkauft und die Bestellungen überschlugen sich.

Die Mutter begriff sofort, was Johannes mit dem kühnen, ja, frechen Farben- und Formengemisch seines Schals ausdrücken wollte: Anstelle der Einfarbigkeit ein raffiniertes Mit- und Gegeneinander – wie mit den Tönen in seiner Musik eine wundervoll mit Disharmonien spielende Harmonie.

Er strahlte, als sie ihn vor lauter Begeisterung an sich drückte, umarmte. Das aber war etwas Ungeheuerliches, Außergewöhnliches! Denn von jeher lehnte er brüsk jede Art körperlicher Berührung ab – eine Umarmung war absolut undenkbar! Er verschwand dann schnell in sein Zimmer. Die Frau Angermeier aber sank auf einen Stuhl, weinte vor Seligkeit. Sie hatte ihren Sohn im Arm halten dürfen, er hatte sich nicht gegen sie gewehrt!

Und dann kam er unerwartet zu ihr zurück und – sie konnte es nicht fassen – streichelte ihr tränennasses Gesicht.

"Mama ... ?"

War es eine Frage? Ahnte er, wusste er etwas?

Er ging – und an diesem Tag kehrte er nicht noch einmal um..

Wenn auch nicht für die Agath', so doch für alle anderen gingen die Monate ihrer Behandlung schnell vorbei. Es gab bis zum Schluss mit dem Jungen keinerlei Komplikationen; einmal jeden Monat hatten die Drei sich zum Austausch bei Kaffee und Kuchen getroffen. Ihre Dreieinigkeit hatte sich durch das Zusammensein mit dem Buben und durch seine erstaunlichen Fortschritte noch mehr gefestigt. Sie hatten nicht nur gemeinsam ein gutes Werk an ihm vollbracht, sie waren allesamt ungewöhnlich für ihre Fürsorge von ihm belohnt worden. Die Agath' würde staunen!

Als die Agath' dann zurückkam, wurde ihr begeistert berichtet, was alles ihr Sohn inzwischen erlebt, erlernt – und wie gut er die Angebote seiner Betreuer angenommen hatte. Am meisten musste sie natürlich seine Creation eines Schals bewundern. Er war nicht verkauft worden, sie bekam ihn zur Begrüßung geschenkt.

Über vieles, was man ihr erzählte, wurde sie sehr nachdenklich. Natürlich, er hatte in diesem einen Jahr erstaunliche Fortschritte gemacht – das Verdienst seiner Betreuer! Sie, die Agath', war dagegen nie auf die Idee gekommen, dem Buben Grimms Märchen vorzulesen, oder sich mit ihm zusammen Gedanken über den Ursprung der Welt zu machen – geschweige, ihm das Stricken beizubringen. Sie verstand: alles, was man Bildung nennt, war im Leben an ihr vorübergegangen – und eine Bildung. die man nicht besaß, konnte man auch nicht weitergeben. Der Bub hatte sie nie fühlen lassen, er entbehre etwas.

Oder doch? Ein Mädchen begann, dem ansehnlichen jungen Mann schöne Augen zu machen. Erst bemerkte er das gar nicht, und als es ihm endlich auffiel, war er so schüchtern, dass er sich erst recht zurückzog. Aber die Felicitas gab nicht so schnell auf. Sie hatte mit ihren Freundinnen gewettet, sie würde ihn rumkriegen – über kurz oder lang, und mit der Liebe war es ihr sowieso nicht ernst. Sie wusste natürlich, wie jeder im Dorf, von seiner Behinderung und hielt ihn, wie fast alle, für ein wenig zurückgeblieben. Aber mit seinem Gesicht, seiner Gestalt bot der noch nicht ganz Zwanzigjährige den Anblick eines griechischen Jünglings von blühender Schönheit, der sich außerdem nicht ungeschickt, sondern mit vorsichtiger Anmut zu bewegen verstand.

Für die Siebzehnjährige war es ein Spiel, ein böses, wenn auch nicht böse gemeint.

Niemand würde je wissen, was in dem jungen Mann vorging: erst der Felicitas immer kokettere Rumtändelei – und dann ihr fühlloses "Ätsch! du kriegst mich nicht! Weil, ich hab' längst einen Freund, mit dem ich wochenends in den Biergarten geh' – und in der Nacht auf Sonntag vielleicht in die Büsche..." Sie dachte keine Sekunde daran, dem stillen jungen Mann – gezeichnet von seinem jünglingshaften Aussehen wie von seiner Behinderung – einen ähnlichen Respekt entgegenzubringen wie die Burschen im Dorf das taten, seit vielen Jahren, die Mädchen dagegen, die schnippischen, nicht.

Der Agath' mit ihrem feinen Gespür entging es nicht, dass da irgendwas oder irgendwer ihrem Buben das Herz schwer machte, und sie argwöhnte auch bald: er war verliebt, unglücklich verliebt. Irgendwann einmal musste es ja passieren, sie wusste es nur zu gut aus ihrer eigenen Vergangenheit. Ach, diese jungen Weiber! Das waren doch alles Luder! Sie war ja selbst einmal eines gewesen ...

So war sie froh, dass öfter der Lauter kam und mit dem Buben wieder auf Exkursion ging, wie er es nannte. Sie packte ihnen ein schönes Vesper und viel Tee in den Rucksack – auch konnten sie sich immer noch unterwegs versorgen. Der Bub ging gern mit dem Lauter wandern, er kannte es schon, und sie lebten ja auch in einer paradiesischen Gegend, noch nicht von Industrieanlagen und Gewerbegebieten kaputt. Abwechselnd wurde geschwiegen, dann wieder frischten sie ihr geologisches Wissen auf, das sie sich in ihrer gemeinsamen Zeit erlesen hatten, sammelten Steine, versuchten, sie zu bestimmen.

Und wenn sie müde wurden, legten sie sich zu einem Mittagsschläfchen irgendwohin ins Grüne. Manchmal brauchte auch nur der Jüngere diese Ruhepause. Und während er schlief, betrachtete ihn der Ältere sehnsüchtig: Wie wunderbar war es: dies Jungsein – und wie gefährdet – und wie bald vorbei ...

Manchmal, den schlafenden jungen Mann betrachtend, war er versucht, ihn sachte zu streicheln. Aber er versagte es sich, weil er wusste, er könnte sich damit sein Vertrauen verscherzen.

Eines Tages überwältigte ihn seine Sehnsucht: sehr vorsichtig streifte er mit der Hand das nackte Knie des Schlafenden. Diese zarte Haut! Welch wundersames Gefühl! Er umschloss die Kniescheibe, liebevoll, zärtlich – ließ seine Hand einfach da. Der Junge erwachte, fühlte die Hand, schob sie nicht weg, schüttelte sie nicht ab. Für eine winzige Sekunde durchlief ihn ein Schauder. Er schloss die Augen. Dem Lauter zitterte die Hand. Er wusste, er hatte eine Grenze überschritten und er wollte, wünschte, es ginge noch weiter. Und der griechische Jüngling, der da vor ihm im Gras lag, müsste, könnte, wollte der es nicht auch?

Aber durfte er denn diesen Jungen, der mit seinen fast zwanzig Jahren noch so unschuldig wie ein Knabe war, verführen? Der begriff doch gar nichts, ahnte nicht einmal, was da mit ihnen beiden geschah? Nein, der Junge sollte der Engel bleiben, der er immer noch war. Wirklich – war er das? Nach allem, was sein Pflegevater ihm angetan hatte?

Dann durfte er erst recht nicht weitergehen! Nicht weiter als bis zu seiner Hand auf dem Knie!

Im gleichen Augenblick, als er sich das schwor, ergriff der Junge die Hand, hob sie hoch, küsste sie.

Er bat darum?

Wollte er es?

Der Lauter entzog ihm seine Hand, hielt ihm die Arme auf Abstand entgegen, so, als wolle er jede Berührung mit ihm abwehren. Aber da warf sich der Junge einfach in diese Arme, die ihn doch auf Distanz halten sollten, drängte sich eng, immer enger an ihn, kroch förmlich in ihn hinein, als suche er Schutz.

Und der Lauter spürte, wie der immer noch knabenhafte Körper, eng an ihn geschmiegt – erregt, gequält, was geschah da mit ihm? – zuckend – endlich erschöpft Ruhe fand. Er weinte.

Stunde um Stunde, bis zum frühen Abend, verharrten sie in ihrem Versteck, stumm, ineinander verschlungen, sie fühlten sich nur, nichts weiter geschah.

So endete ihre letzte Exkursion.

Das Knie.

Schon tags darauf kam der Lauter zur Besinnung. Er hatte das Gefühl, Edgar, der ihn fast jeden Tag heimsuchte, erwarte ihn schon.

"Was hast du vor mit meinem Sohn?"

"Ich begehre ihn, Edgar. Jede Nacht träume ich von ihm. Wie er sich mir in die Arme wirft, sich an mich schmiegt.

Wäre er nicht dein Sohn, Edgar, wollte ich mit ihm leben, reisen, ihm die Welt zeigen, in Museen, Theater, zu Konzerten und Fußballspielen gehen mit ihm. Sein Studium begleiten und vielleicht noch erleben, wie er mit seiner Musik berühmt wird?

Vielleicht hätte er mir eine neue Jugend geschenkt, mich aus dem Gefängnis des Alters erlöst, mein Denken befeuert, meine Gelenke wieder beweglich, meine Seele tanzen gemacht.

Mit ihm zu schlafen wäre ein Zauber gewesen – gegen das Alter, gegen den Tod.

Aber ich weiß, was du von mir willst: Töte diese Liebe!

Wie tötet man Liebe?"

Verzweifelt ging er in eine Männersauna, fand dort, was er suchte – und verachtete sich.

Einige Tage später erschien die Angermeierin, umarmte die Agath' und suchte den Buben in seinem Zimmer auf. Sie stapelte eine Riesentüte voll ihrer kostbaren Wolle in allen nur denkbaren Tönen auf seinen Tisch:

"Ich wünsche mir, dass du noch viele Wunderwerke damit erschaffst! Wirst du mir meinen Wunsch erfüllen?"

Er nickte.

"Ich weiß nicht einmal, wie du heißt. Hast du denn keinen richtigen Namen? Immer noch bist du "der Bub". Dabei bist du doch längst ein junger Mann. Sag mir doch bitte: wie heißt du?"

Sie schaute ihn so voller Liebe an, er war ja ihr Sohn. Aber was hatte sie sich bloß bei ihrer Frage gedacht! Sie wusste doch, noch nie hatte der Bub Antwort auf eine Frage gegeben!

Doch 'der Bub' öffnete, nach einer Schrecksekunde, den Mund und sagte, klar und deutlich:

"Johannes!"

Zum erstenmal in seinem Leben hatte er gesprochen – zu ihr. Als ihr das bewusst wurde, fiel sie vor Schreck und Glückseligkeit beinah in Ohnmacht. Sie taumelte ein wenig – und da griff er zu und hielt sie fest. Nur für einen Augenblick, dann ließ er sie wieder los. Sie, immer noch leicht benommen, den Halt verlierend, sank nun doch anmutig zu Boden. Er – vor Schreck – ging ebenfalls vor ihr in die Knie. In dieser Haltung erstarrten sie beide, dann half er ihr auf.

"Johannes, längst bist du kein Bub mehr, nur noch für die Agath', die dich so unendlich liebhat. Ihr Bub darfst du bleiben, für immer. Aber für mich, den Lauter, den Leiser und auch den Vonundzu – den kennst du doch? – bist du von jetzt an der Johannes. Gut so?"

Er nickte. Die Angermeierin wies auf die unzähligen Wollbündel:

"Mach draus, was immer dir einfällt. Mach Schals, mach keine Schals, mach Rundes, Eckiges, geometrisch Geformtes, von mir aus auch total Ungeformtes, probier einfach. Du darfst alles. Nicht alles wird dir gelingen. Das muss so sein. Verzweifeln gehört zum Handwerk – nur so wird am Ende daraus eine Kunst."

Die Agath' rief zum Kaffeetrinken. Sie hatte längst registriert, dass die Felicitas, dieses Luder, aus welchem Grund auch immer, keine Macht mehr hatte über ihren Buben.

Die Angermeierin hielt sich erst noch einmal am Johannes fest. Dann – auf Zehenspitzen – nahm sie sein Gesicht in beide Hände, zog es zu sich herunter und küsste ihn – nicht auf den Mund, nicht auf die Wangen. "Mach sie zu!" – auf seine Augen.

In den folgenden Wochen und Monaten blühte es nur so aus dem Johannes heraus. Die Agath' berichtete regelmäßig telephonisch, was der Bub da erschuf – sie nannte sie wahre Wunderwerke. Wenn ihm dabei, wie erwartet, auch manchmal etwas missriet. Die Angermeierin dachte:

"Eigentlich ist es ein Verbrechen! Er sollte studieren, nicht alles sich selber beibringen müssen! Und er sollte auch nicht nur stricken. Das Stricken ist doch nur ein hübscher Zufall. Er ist wirklich ein Künstler, vielleicht sogar ein Genie. Ist er zum Maler geboren? zum Bildhauer? weiß man's? Aber ihn der Agath' wegnehmen, ihn allein nach München, Düsseldorf, Berlin verpflanzen? Er wird immer jemand brauchen, der ihn versorgt. Und die Agath' wird nicht ewig leben, nicht einmal ihrem Buben zulieb."

88

Auch die Agath', die von Kunst herzlich wenig verstand, hielt den Atem an, wenn sie von Tag zu Tag das Werk ihres Buben weiter und weiter fortschreiten sah: Phantasieformen, gestrickte Bilder. Die Angermeierin ließ sie rahmen, unter Glas. Diese zauberhaften Gebilde hingen dann bei der Agath' und auch im Zimmer des Buben. Eines Tages brachte die Angermeierin einen Kunstsachverständigen mit, der gar nicht mehr aufhören konnte mit Staunen. Außer sich vor Stolz war die Agath' da auf ihren Buben, der vor dem Besucher die Flucht ergriffen hatte.

Natürlich verstand die Agath', der Bub gehöre ihr jetzt nicht mehr ganz allein. Zwar hatte ihn niemand ihr weggenommen. Und trotzdem ... Als dann eines Tages ihr Bruder, der Leiser, mit dem Vonundzu bei ihr aufkreuzte, wurde sie sofort misstrauisch. Schon wieder ein Fremder, der sich für den Buben interessierte!

"Nein, nicht direkt für Ihren Sohn, Frau Agath'! Eher für Sie und für den lächerlichen Betrag, den Ihnen seine ehemalige Familie seit zwanzig Jahren zukommen lässt für alles, was Sie für ihn tun und aufwenden, für sämtliche Unkosten, die Sie für ihn haben. Ich weiß das von Ihrem Bruder. Ich bin Anwalt und habe in seinem Auftrag dafür gesorgt, dass Sie nicht nur lebenslang ab sofort zusätzlich ein monatliches Entgeld für Unterkunft, Verpflegung etcetera bekommen, sondern auch eine anständige Nachzahlung für die skandalösen Unterhaltszahlungen von Anfang bis heute. Sie haben mich verstanden, Frau Agath'?"

"Ich habe Sie sehr wohl verstanden, Herr Anwalt! Sie wollen mir meinen Buben wegnehmen – wegkaufen – mit ein bisschen Geld! Ich will aber kein Geld, brauch' auch keins, schon gar nicht von dieser Familie, die ihn damals so schnell wie möglich weghaben wollte. Sie haben mir einfach mein totes Kind genommen, ohne zu fragen ich weiß nicht einmal, ob es irgendwo begraben ist – und es hatte doch auch eine Seele! Wahrscheinlich haben sie es in den Brennofen getan und seine Asche in alle Winde verstreut. Kein Gebet, kein Kranzerl, kein kleines Kindergrab hat mein Baby bekommen. Ich hab' es doch, wie jede Mutter, volle neun Monate ausgetragen. Und dann hab' ich mein totes Kind nicht einmal in den Arm nehmen und anschauen dürfen. Ein fremdes Kind, das verschwinden sollte, das musste ich nehmen. Wie konnte ich ahnen, dass aus dem Buben der größte Schatz in meinem Leben wird – kein Geld in der Welt wiegt ihn auf.

Und Sie kriegen ihn nicht, Sie kriegen ihn nicht, ich geb' ihn nicht her. Niemals! Behalten Sie Ihr Geld. Gehen Sie!"

Schon am nächsten Wochenende stand der Vonundzu wieder vor Agath's Tür.

"Lassen Sie uns doch miteinander reden, Frau Agath'! Ich will wirklich nichts von Ihrem Sohn! Ich will nur reden – mit Ihnen! Bitte!"

"Und was gibt's da mit mir zum Reden?"

"Ich muss Ihnen zuerst ein Geständnis machen, das mir sehr schwer fällt.

Nämlich: die Familie, die Sie seit vielen Jahren missbraucht, das ist meine Familie. Sehr groß, sehr alt, sehr eingebildet. Wahrscheinlich haben auch meine Eltern dafür gestimmt, als meine zahlreiche Verwandtschaft – Großväter, Großmütter, Onkel, Tanten, Cousins, Cousinen – damals beschlossen, die zwangsverheiratete Frau Angermeier dürfe auf gar keinen Fall ihr lediges Kind behalten, großziehen zur Schande des Hauses.

Es musste weg! Weg! Weg! Und jetzt hatte der Teufel – wie bestellt – seine Hand im Spiel. Sie, Agath', brachten im genau richtigen Moment ein totes Kind zur Welt. Sehr glücklich darüber, nahm man es Ihnen ab, ohne lange zu fragen – und hat Ihnen dafür unsern Bankert aufgehalst.

Und für all dies, liebe Frau Agath', würde ich Sie gern um Verzeihung bitten."

Er seufzte.

"Darf ich jetzt reinkommen?"

Die Agath' gab endlich nach.

"Und was soll ich heute noch damit anfangen?"

"Vielleicht fangen nicht Sie etwas damit an, aber ich. Denn ich bitte Sie kniefällig darum, verzeihen Sie mir! Ich bin einer der wenigen in meiner Familie, der sich zutiefst schämt vor Ihnen. Aber ich, Frau Agath', ich bin auch noch Anwalt, Rechtsvertreter – wie soll ich mit einem so himmelschreienden Unrecht leben, meinen Beruf ausüben? Seit ich Ihre Geschichte gehört und erst recht, seit ich Sie kennengelernt habe, finde ich keine Ruhe mehr. Verstehen Sie jetzt, warum ich noch einmal zurückgekommen bin?"

Die Agath', mit dem Starrsinn eines uralten Bauerngeschlechts, ließ sich nicht überzeugen. Sie wies dem Vonundzu nach wie vor ihre Tür.

Da griff er zu einem bewährten Mittel: Bestechung. Nicht mit Geld, denn er wusste, das würde nicht wirken. Sondern mit Blumen. Er ließ ihr allwöchentlich zum Sonntag einen riesigen Strauß überbringen, aus verschiedensten Blüten komponiert und garniert mit dem ausgefallensten Grünzeug. Eine ausgediente 20-Liter-Milchkanne reichte gerade aus, um ihn ins Wasser zu stellen. Sie hatte alle Mühe, den Strauß vor der Neugier ihrer Nachbarinnen zu verstecken, um nicht auch noch ins Gerede zu kommen.

Es gab keinen Absender, aber sie begriff natürlich: nur Einer konnte ihn schicken – und auch, warum er das tat: sie sollte endlich Gnade vor Recht ergehen lassen. Und nicht nur das. Sie sollte ihm ihre Gunst gewähren. Er warb um sie! Für ihn war sie immer weniger die Mutter des Buben, für ihn wurde sie immer mehr die Frau, die ihm nicht nur ihre Tür, die ihm vor allem ihr Herz verschloss. Sie, diese stolze, einfache Frau ihm, dem Abkömmling eines alten Adelsgeschlechts.

Das ging so Woche um Woche. Bis ein Wunder ans Tageslicht kam: der Bub hatte insgeheim ebenfalls einen Strauß erschaffen. Er hatte einen Blumenstrauß teils gestrickt, teil gehäkelt.

Und zwar nicht nur in einer Ebene, plan – sondern vorne die Stengel, Blätter und Knospen greifbar. Nach hinten betteten sie sich – vollerblüht – perspektivisch in die Fläche ein. Es war ein technisch raffiniertes, zur Hälfte durch unsichtbare Drähte verstärktes, räumliches, vielfarbiges, bezauberndes Kunstwerk. Erst als er damit fertig war, zeigte er der Agath' das vorher sorgfältig vor ihr versteckte Gestrick. Dass er ihr damit etwas sagen wollte, musste selbst die verbittert unzugängliche Agath' sich eingestehen. Und als der Vonundzu nach sechs oder acht Wochen wieder einmal sein Glück bei ihr versuchte, ließ sie ihn eintreten, führte ihn von seinem echten Strauß zu seinem kunstvoll gestrickten Abbild. Der Vonundzu war sprachlos. Lange schwieg er, schaute und schaute. Auch er verstand die Botschaft des Strickkünstlers. Er drehte sich zur Agath':

"Friede? Agath'?"

Sie nickte, ihr kamen die Tränen. Da nahm der Vonundzu die Agath' einfach in seine Arme. Sie weinte herzzerbrechend – und er sagte nur immerzu:

"Es wird alles gut, Agath', es wird alles gut!"

Von da an besuchte er sie regelmäßig. Die riesigen Sträuße jedoch mussten aufhören. Der Vonundzu hatte gemerkt: die Agath' bewältigte die schwere Milchkanne, mit der früher die Bauern ihre tägliche Milchration an die Milchsammelstelle transportierten, nicht mehr.

Der Vonundzu war auch der erste, dem auffiel: die eigentlich etwas mollige Agath' wurde zusehends dünner. Und der Vonundzu war es, der sich für sie am Uni-Klinikum einen Untersuchungstermin geben ließ und sie zwang, ihn dorthin zu begleiten.

Und es war der Vonundzu, der ihre Angst und Verzweiflung auffing, als sie erfuhr: diesmal ist es die Bauchspeicheldrüse. Trotz aller Chemotherapie – es war wieder Krebs, einer der bösartigsten – und sie würde bestenfalls noch das nächste halbe Jahr überleben.

Es war dann auch der Vonundzu, der dies halbe Jahr so einrichtete, dass sie ihre letzten Monate liebevoll umsorgt verbringen konnte und in Frieden sterben durfte. Anfangs ließ er sie noch zuhause, dann holte er sie in seine Stadtwohnung, engagierte eine Pflegerin – und wenn es ihr gut ging, fuhr er mit ihr ins Grüne, sie besuchten vielleicht unterwegs eine der kleinen Barockkirchen – und nach Möglichkeit auch noch einen Biergarten. Das ging nicht allzu lange. Sie wurde kraftlos, durchscheinend, brauchte stärkere Schmerzmittel.

Er gab sie immer noch nicht her. Bis die Ärzte ihm sagten, sie müsse jetzt in ein Hospiz. Sie wussten beide, das Ende war nah. Die Agath' redete nur noch wenig.

"Lass mich gehen. Du hast mir alles vergolten, alles gutgemacht. Danke!"

Um den "Buben", den Johannes, sollte sich in dieser Zeit, wie im vergangenen Jahr, das Dreigestirn kümmern: der Leiser, die Angermeierin und der Lauter. Ihn verfolgte die Erinnerung und lange wich er dem Johannes, so gut er nur konnte, aus.

Der Johannes war sowieso kaum ansprechbar. Er verstand nicht, warum man ihm nun schon wieder die Mama wegnahm – und noch weniger, warum er sie auch nur noch ganz selten besuchen durfte.

So geriet ihrem Sohn Johannes die einzige wirkliche Liebe, die der Agath' noch so spät – und eigentlich fast unerklärbar – in ihrem allerletzten Lebensabschnitt durch den Vonundzu zuteil wurde, zur bittersten Erfahrung: er wurde aussortiert, durfte nicht teilnehmen, wurde nur noch mit dem Nötigsten einigermaßen versorgt.

Nur einer, der Lauter – schlechten Gewissens der ewigen Ausreden wegen! – fand endlich den Mut, dem Johannes zu sagen, was alle wussten:

"Diese beiden Menschen darfst du nicht stören, Johannes! Da ist ein Mann, da ist eine Frau und sie sind – in Liebe – eins. Du weißt und verstehst das, du bist ja selber ein Mann?"

Er musste lange auf eine Antwort warten, dann nickte der Johannes stumm. Einen Augenblick irrten Lauters Gedanken zu ihrem letzten gemeinsamen Ausflug zurück.

Das Knie! Es schmerzte und würde noch lange wehtun.

"Die Agath' hat während ihrer ganzen Ehe darauf verzichtet. Sie hat nur dich geliebt, dich allein. Was sie jetzt erlebt – das sind nie gekannte, allerletzte Glücksmomente! Gönne sie ihr. Keine Eifersucht, bitte! Halte dich einfach zurück. Sie hat ja nur noch eine kurze, unendlich kostbare Zeit ... "

Die seltenen Male, wo er sie wiedersah, gewahrte Johannes wohl, wie unbarmherzig die Krankheit mit ihr umging – aber er ahnte immer noch nicht, wie nah sie dem Tod war. Plötzlich war er dann da – eine Katastrophe.

Auch das liebevolle Begräbnis, mit einem Meer von Blumen und viel Musik, wofür wiederum der Vonundzu Sorge trug, brachte dem Johannes keinen Trost. Zum Schluss umarmten sie ihn dann alle, nahmen endlich Notiz von ihm. Aber noch immer wagte keiner, sich an seinen Kummer und Schmerz vorsichtig heranzutasten. Alle Worte des Trostes, der Anteilnahme blieben ihnen im Halse stecken. Vorerst wohnte er weiterhin allein in Agath's kleinem Haus, nacheinander versorgten ihn wochenweis der Leiser, die Angermeier und jetzt auch der Lauter. Der redete sich nicht mehr auf irgendeine Ausrede hinaus, um dem Johannes aus dem Weg zu gehen. Sondern, immer im Zwiegespräch mit Edgar, hatte er plötzlich den Mut, dem Johannes die Wahrheit über seinen Vater zu sagen. Ohne genealogische Umschweife. Er sagte einfach:

"Johannes, ich habe Edgar, deinen Vater nicht nur gekannt, ich habe ihn geliebt, ich habe zwanzig Jahre mit ihm zusammengelebt. Du weißt: dass ein Mann einen Mann liebt, das gibt es. Weißt du's? Sag!"

Johannes nickte.

"Edgar ist vor ein paar Monaten gestorben. Ich traure um ihn, und ich bin so einsam wie du, wenn du jetzt um deine Agath' trauerst. Aber ich rede mit ihm, jeden Tag, und so wirst auch du von jetzt an mit der Agath' reden.

Nicht nur sie, deine Agath', auch dein Vater schwebt über dir und behütet dich. Er hat mir in seinem Abschiedsbrief aufgetragen, dich zu suchen. Und ich habe dich ja auch wirklich gefunden – und habe es nun endlich über mich gebracht, dir von ihm zu erzählen. Es soll dir ein Trost sein, Johannes! Dein Vater hat dir die Mundharmonikas geschenkt, mit denen du sprechen gelernt hast – in einer Sprache, die nicht nur die Menschen, die auch die Engel verstehen. Und deine Agath' im Himmel erst recht."

Sie waren alle geschockt vom Tod der Agath'. Und wie sollte erst der Johannes ihn verkraften? Johannes, der jede Nacht und manche Tage mit sich allein war, und dem auch ein ferner, nie gekannter, verstorbener Vater nicht beistehen konnte – vielleicht später einmal? – der wusste sich in seiner Einsamkeit und Verlassenheit keine Hilfe mehr: allnächtlich kletterte er über die Kirchhofmauer, schlich sich zum Grab der Mama, und spielte ihr auf seiner Mundharmonika, die er seit seiner Vergewaltigung niemals mehr angerührt hatte, ganz leise, unhörbar für Vorübergehende, Glucks unendlich traurige Schmerzens-Arie des Orpheus über die tote Eurydike vor:

"Ach, ich habe sie verloren / All mein Glück ist nun dahin / Wär', oh wär' ich nie geboren / Weh, dass ich auf Erden bin ..." Sein Kopf bewahrte ja ein riesiges Repertoire an Tönen und Melodien, er würde der Mama noch unendlich viel vorspielen können, wenn er sie besuchte. Er hatte auch die Choräle von ihrer Beerdigung noch im Ohr, spielte sie ihr.

Es war der Vonundzu, der den "Buben" von seiner Verzweiflung erlöste. Eines Tages legte er ihm einen winzigen schwarzbraunen Dackelwelpen in die Arme, erst ein paar Wochen alt und gerade von der Dackelmutter entwöhnt:

"Bis ich wiederkomme, denk dir einen Namen für ihn aus. Er weiß ja sonst nicht, wenn du ihm einen Befehl gibst, dass er gemeint ist. Der "er" ist übrigens eine kleines Weiberl. Und du bist ihr Leithund! Hoffentlich gehorcht sie dir auch immer brav! Bei Dackeln ist man sich da nie so sicher ... Lass ihr nur von Anfang an keinen Eigensinn durchgehen! Zeig ihr, dass du ihr Herrchen bist! Schaffst du das? Und gib ihr einen recht hübschen Namen!"

Johannes nickte heftig. Er war selig, das konnte man sehen.

Der Vonundzu hatte alles nötige Zubehör mitgebracht: Hundekorb, Hundefutter, Hundehalsband, Leine etcetera.

Johannes griff sich ein Stück Papier, kritzelte "Lili ?– OK ?" darauf.

"Lili? Gefällt mir! Passt!"

Der Vonundzu hatte sich diesen Dackel sorgfältig überlegt. So eine kleine, schutzbedürftige Kreatur schien ihm das Einzige, um den tief in seinen Kummer versunkenen Johannes da herauszuholen. Er sollte von jetzt an nicht mehr der Beschützte sein – er sollte lernen, selber ein Wesen zu behüten, zu füttern, zu erziehen und vor allem: zu lieben – wenn es auch nur ein kleiner, eigensinniger Dackelhund war. Aber nicht nur das! Der Dackel sollte den Johannes auch endlich zum Sprechen bringen! Und wenn es nur sein Rufname war – "Lili!" – oder die paar wenigen Worte "Komm her!", "Ruhe!", "Ab ins Körbchen!" Denn nicht nur mit Menschen, auch mit Tieren – erst recht mit Hunden und Pferden – musste man reden, ja selbst mit Kühen, Schafen, Ziegen wurde geredet – und vielleicht auch mit Mäusen, Schildkröten und am Ende sogar mit Fischen? Nein, nicht nur mit denen! Der Vonundzu sprach jeden Tag mit seinen drei Stück Orchideen, gelegentlich auch mit den Straßenbäumen vor seiner Wohnung und über die Woche mehrmals zum Rasen in seinem Garten.

Beim nächsten Wochenend-Besuch, auf einer Spazierfahrt mit dem Vonundzu, war der Lauter mit Bedacht dabei, voller Sehnsucht nach einem Wiedersehen. Beim Spaziergang musste man den Winzling noch tragen. Es bedurfte also keiner Worte und der Johannes blieb stumm, achtete nicht auf den Lauter, hatte nur Augen für das Dackelbaby, ließ es sich nicht abnehmen, liebkoste es.

Vorsichtig und scheinbar ganz versonnen, als spräche er nur mit sich selbst, fragte der Vonundzu den Lauter:

"Weißt du, was dieser Junge studieren sollte? Mit seiner unglaublichen Musikalität – und mit seiner ebenso unglaublichen künstlerischen Begabung? Kein Mensch hat ihn je irgendetwas gelehrt, er hat sich alles selbst beigebracht – nur das Stricken und Häkeln hat er von der Angermeierin gelernt – aber was hat er dann draus gemacht!"

Und jetzt wandte er sich direkt an den Johannes:

"Kannst du mir sagen, was man mit so einem Menschen macht, der in seinem ganzen Leben zu keinem Menschen jemals ein Wort gesagt hat? Kannst du das?"

Total unerwartet bekam er eine Antwort:

"Nein!"

Dies "Nein!" durchfuhr die beiden wie ein Blitz, raubte ihnen den Atem! Es war ein außerordentliches, ein unvorstellbares, ein unglaubliches Nein. Ein Nein, das es gar nicht gab, nicht geben durfte. Nach zwanzig Jahren vollkommenen Schweigens sprach dieser Mensch ein einfaches Nein.

Dann – nach minutenlangem, verblüfftem Schweigen sagte der Vonundzu:

"Ja, du hast recht. Ich weiß auch nicht, was so einer wie du mit sich anfangen soll. Aber die Agath', die wird es dir eines Tages sagen. Du weißt, ich hatte die Agath' sehr lieb und liebe sie in alle Ewigkeit. Die Agath' ist jetzt ein Engel, und glaub mir, die Agath' weiß und versteht alles. Ihr wirst du es eines Tages sagen – oder von mir aus: auf einen Zettel schreiben: ein einziges Wort: "Musik" – oder "Kunst" oder, da du ja beide beherrschst, alle beide? Dabei braucht einer wie du doch eigentlich gar nicht studieren? Du weißt ja schon alles, intuitiv!

Aber, mein lieber Johannes, das Leben besteht nicht nur aus Kunst und Musik. Es besteht auch aus Kochen, Waschen, Einkaufen, Bett frisch beziehen, Kuchenbacken, Blumengießen, Wohnung sauberhalten, Fensterputzen, Haare schneiden, na, und Gott weiß was noch alles! Wie denkst du darüber, Leo?"

Sie hatten das vorher abgesprochen und so kam jetzt der Lauter an die Reihe.

"Ich kenne da eine sehr liebenswürdige Lehrmeisterin, die könnte dir in nächster Zeit das alles beibringen. Ewig auf der faulen Haut liegen ist langweilig. Hättest du also Lust, das alles bei der Frau Angermeier zu lernen? Und sag' bitte jetzt nicht noch mal Nein! Bitte, Johannes, sag' Ja!""

Dieser seltsame junge Mensch drehte sich um, wandte sich ab, schwieg, dachte nach, wandte sich wieder zurück, nickte und sagte leise: "Ja".

Der Vonundzu riss ihn an sich, jetzt gingen selbst ihm die Worte aus, er schwieg. Erst nach einer langen Stille sagte er, fast flüsternd:

"Sag' es ihr auf dem Kirchhof, sag' es der Agath' am Grab, heute noch, sie soll es wissen. Sag's ihr, Johannes, sag's ihr wie früher, mit deiner Seele. Sag': "Mama, ich will lernen."

Dann, Johannes, bedarf es keiner Entscheidung! Du lernst einfach drauflos!"

Die Angermeierin, der Vonundzu, der Lauter und der Leiser taten sich zusammen und jeder machte Vorschläge, was nach seiner Meinung für den Johannes mit Lernen nottat. Konnte er überhaupt Lesen, Schreiben, die Grundrechenarten? Wenn nicht, wo fing man an, wo hörte man auf? Der Vonundzu schlug die einfache Methode "Zeitunglesen" vor. Wie musste man sich das vorstellen?

"Jeder von euch fährt einmal die Woche für einen Tag zu ihm, bringt die Zeitung mit, schlägt sie auf, fängt mit dem Aufmacher auf der ersten Seite an. Vielleicht auch bloß mit dem Titel. Und den erklärt er. Es ist Politik – aber Politik ist unser Schicksal. Ihr erklärt es ihm so einfach und so lange, bis er mit unsrer Gegenwart auf dem Laufenden ist.

Dann die Wirtschaft. Ein bisschen über Geld. Und was der Staat einem davon wieder wegnimmt. Das kann ihm der Leiser bestimmt ganz gut beibringen. Ihr werdet sehen, was bei ihm ankommt, und wo er Hilfe braucht.

Zum Schluss ein wenig über Land und Leute.

"Und ich bringe ihm Wäschewaschen, Bügeln, Fensterputzen und Kartoffelschälen bei? Na, danke!"

"Nein, Sie, gerade Sie sind für Kultur und Kunst zuständig, geschätzte Cousine. Am besten für die allermodernste, damit er begreift, er kann machen was er will, mit welchem Material auch immer – kurz, er kann alles, einfach alles. Es gibt keine Vorschrift. Diese Freiheit, die wird Ihr Ding! Die müssen Sie für ihn auftun, ihm glaubhaft machen, ihn hineingeleiten."

"Und ich?" fragte der Leiser. "Was mache ich? Ich bin ja bloß ein gewesener Hauptschüler. "

"Aber Leiser, dass Sie da nicht von selber draufkommen! Sie sind der Einzige von uns, der ihm Freude, pure Freude bereiten wird. Lebensfreude! Sie, der Sie einmal mit dem Lauter durch halb Niederbayern geradelt sind?"

"Natürlich! Ein Fahrrad muss her und dann wird geradelt! Juhu!"

Es stellte sich dann sehr schnell heraus, der Johannes konnte lesen, schreiben und natürlich auch rechnen. Ob er wohl auch ein bisschen von Mathematik verstand?

Der Lauter war überzeugt: Da der Johannes unbezweifelbar einen exakten Sinn und ein exzellentes Ohr für Intervalle, Rhythmen, die feinen Unterschiede der Tonarten, für Takte und extravagante Taktwechsel besaß, und vermutlich selbst so etwas wie enharmonische Verwechslungen kapierte – das Geheimnis des wohltemperierten Klaviers! – die ja allesamt Niederschlag mathematischer Gebilde sind – wäre ihm, wie vielen Musikhochbegabten, die Mathematik mit Gewissheit nicht fremd. Gewiss würde er sich gerne Formeln zeigen und um ihrer selbst willen erklären lassen. Es würde ihm sicher auch gefallen, wie komplizierte geometrische Sachverhalte und Formen – ja, bis zu einem gewissen Grad auch Dimensionen – sich graphisch darstellen ließen, die sich, obgleich dem normalen Verstand nicht mehr vorstellbar, bis zu ihrer dritten, vierten, fünften Potenz in unendlichen Zahlenreihen und überaus rätselhaften mathematischen Zeichen manifestierten.

Der phantasiebegabte Lauter steigerte sich mit ihnen – während er seinen zukünftigen Mathematikunterricht imaginierte – begeistert ins Jenseits hinüber. Ihm hatte es schon immer gefallen, mit Dingen zu spielen, die er nur halb, höchstens ahnungsweise, oder fast gar nicht verstand. Aber gerade sie konnte er bewundern, anstaunen wie ein Kind – und vielleicht erginge es dem Johannes ähnlich? Fürs Rechnen, bzw. für ein bisschen Mathematik sollte *er,* der Lauter, zuständig sein. Er würde es nicht gar so streng angehen lassen, aber doch ein gutes Stück über den Dreisatz hinaus.

Vorsichtshalber wandte er sich wieder einmal an Edgar:

"Du musst nicht befürchten, Edgar, ich könnte deinem Sohn zu nah kommen. Er weiß jetzt von dir, seit Agath's Beerdigung! Ich habe ihm von dir erzählt. Seitdem muss ich ihm nicht mehr aus dem Weg gehen. Ich habe es geschafft.

Aber ich weiß überhaupt nicht mehr, Edgar, wohin gehöre jetzt eigentlich *ich?* Die Angermeierin bete ich an, noch immer. Die gehört nun einmal dir und du verbietest sie mir natürlich, ebenso wie deinen Sohn. Ja, wo und bei welchem Geschlecht kann ich denn dann noch mein Haupt niederlegen und hoffen, da widerfahre mir Liebe? Wie ein Cherub stehst du vor meinem Paradies und verwehrst mir den Zutritt – zu ihr, zu ihm. Ist das Freundschaft, Edgar? Hiermit kündige ich sie dir! Ich mag dich nicht mehr."

Das war wohl mehr ein rhetorischer Schlenker, er löste das Problem für den Lauter nicht. Aber er konnte dem Johannes von jetzt an gegenübersitzen, als hätte er es im tiefstem Vergessen für immer begraben – das Knie!

Er dachte sich also keine Ausreden mehr aus, sondern bot unerschrocken seine Mathematikstunden an. Der Familienrat entschied jedoch – gegen den Protest des Vonundzu – Mathematik sei überflüssig. Viel wichtiger wären Fremdsprachen, und um die müsse sich der Johannes irgendwann selber kümmern.

Die Angermeierin wollte ihrem Sohn vor allem die Kunst nahezubringen, ihm dabei auch näherkommen – doch ohne ihn, den sie ja für immer und ewig der Agath' geschenkt hatte, der Verstorbenen zu entfremden, ihn ihr wieder wegzunehmen. Sie zerbrach sich nicht lange den Kopf, fand einen ganz einfachen Ausweg. Sie schenkte ihm Bücher, Kunstbücher, die ihn mit ihren Abbildungen überwältigten.

Den Leiser hinwiederum plagte vorerst ein verwandtschaftliches Problem: *er,* der Leiser war es gewesen, der den Vonundzu mit seiner Schwester verbandelt, diese späte Liebe eingefädelt und damit der Agath' zu einem so wundervollen Abschied verholfen hatte. War der Vonundzu jetzt gewissermaßen sein Schwager? Wenn auch nicht verheiratet: die Agath', seine Schwester, und der Vonundzu – die waren ein Paar, die hatten – da gab es für den pragmatischen Leiser nicht den geringsten Zweifel – das Bett miteinander geteilt. Ach, wie sehr er der Agath' das gönnte, die elende zwanzig Jahre unter ihrer Ehe litt. Aber, da war er sich sicher: ihren Mann hatte seine stolze Agath' nie, nie und nimmer an sich herangelassen.

Der Vonundzu löste das Schwager-Problem – zuerst sorum und dann andersrum.

"Leiser, lassen wir's doch dabei. Sie bleiben für mich *der* Leiser, der immer ein achtsames Auge auf seine Schwester hielt, der von Anfang an dafür sorgte, dass es ihr gut ging im Dorf. Die Agath' ist damals kurz vor dem ersten Weihnachtstag mit dem fremden Kind wie mit einem neugeborenen Christkind ins Dorf eingezogen. Dank Ihnen durfte der Bub dann in Ruhe aufwachsen. Dank Ihnen traute sich keiner, ihren Sohn zu verspotten oder gar zu verachten. Sie, Leiser, hielten die ganzen Jahre das Dorf in Schach, wohl auch mit Hilfe eines insgeheim in Umlauf gesetzten Gerüchts, es käme Unheil über die Menschen, wenn man diesem besonderen, diesem behinderten Kind etwas zuleide täte – auch nur schlecht über Mutter und Kind redete – oder, um ihn zu erniedrigen, ihn zum Dorfdeppen zu machen versuchte. Die Agath' hat sich mit ihrem Buben immer sicher und heimisch fühlen können im Dorf, weil Sie, Leiser, als Schutzengel – aber auch als ganz gerissener Schlaumeier – sie stets begleitet haben.

Auch den gleichaltrigen Burschen im Dorf nahmen Sie immer wieder das Ehrenwort ab, auf ihn aufzupassen, ihn, wenn nötig, zu beschützen und ihm immer gute Freunde zu sein. Natürlich haben Sie's den braven Burschen auch reichlich vergolten!

Im Gegenzug hat er seinen Freunden zum Dank jenes legendäre Mundharmonika-Popkonzert geschenkt, als sie ihn damals zu ihrem Wochenend–Vergnügen mitnahmen."

Und dann, nach wirkungsvoller Pause:

"Leiser, du bist ein Schlingel! Grandios! Komm, trinken wir Brüderschaft!"

Die Dackeldame Lili – von allerbester Abstammung und aus sehr vornehmem

Haus – wuchs und gedieh. Auf ihren kurzen, krummen Dackelbeinen war sie inzwischen so flink, dass sie mühelos dem Johannes entkam, wenn es ihr grade einfiel. Wie alle Dackel hatte sie ihren eigenen Kopf. Sie verlangte, neben dem gemeinsamen Spaziergang, einen täglichen Extra-Freigang, ohne Leine, ohne Aufsicht – und wohin im Dorf ihr gerade der Sinn stand. Insbesondere stand er ihr nach gewissen Leckerbissen, zum Beispiel nach einem anständigen Stück echter Metzgerwurst, das ihr regelmäßig an bestimmten Adressen verabfolgt wurde. Es war die reine Dackel-Wohllust und ein weit größeres Fress-Vergnügen, als das fade, biologische Gesundheits-Dackel-Menü.

Auch für den Leiser und die Angermeierin, die jede Woche für einen Tag herkamen, war die Dackel-Lili eine Respektsperson, der man mit einem kleinen Happen zu verstehen gab, man wolle nicht verbellt, sondern freundlich von ihr begrüßt werden. Nur der Vonundzu machte da eine Ausnahme, ließ sich von der schlecht oder gar nicht erzogenen Lili nicht vereinnahmen – er nicht! In seinem Elternhaus hatte es immer von Hunden nur so gewimmelt – er wusste also aus Erfahrung: Hunde müssen erzogen werden. Auch zu ihrem eigenen Besten. Denn schon jede Straßenüberquerung ist für einen jungen Hund hochgefährlich.

Die Besuche als solche – unabhängig von den Bestechungs-Leckereien – genoss die Dackel-Lili. Sie war dann Mittelpunkt – und es war endlich Leben im Haus.

Allerdings ließ sich das Lernprogramm weder in der geplanten Form und Fülle noch in dem vorgesehenen rapiden Tempo durchziehen – jede Lehrperson schwamm in einem Chaos von Stoff. Andererseits stellte sich zum Glück heraus: Johannes hatte seine Hauptschulkenntnisse – trotz reichlicher Fehltage – durchaus parat. Man gab ihm Diktate – er bewältigte sie nahezu fehlerlos. Ebenso die Rechenaufgaben aus seinem Schulbuch. Die Lehrpersonen atmeten auf. Mehr wollte man gar nicht. Sie konnten ihre mühsame Tätigkeit nach wenigen Wochen wieder einstellen. Ihr Zögling Johannes bedurfte – was die einfachen Grundkenntnisse betraf – keiner Nachhilfe. Es wäre vielmehr zu bedenken gewesen, ihn in eine Weiterbildungs-Einrichtung zu schicken, dergleichen es inzwischen in Hülle und Fülle gab, gerade für Schüler höheren Alters wie den Johannes, die früher zu ihrem Pech einfach aussortiert worden wären. Es gab sie, selbst in jeder Kleinstadt – aber eben nicht auch noch auf dem Dorf.

Einzig der Vonundzu machte sich weiter über ihn Gedanken. Er sah inzwischen in Johannes mehr einen Sohn als einen Neffen – er hatte ihn ja direkt von der Agath' geerbt – und durch sie, weiter zurück, indirekt auch von der Cousine Angermeier. Eine sehr kühne genealogische Konstruktion! Außerdem sah er sich auch noch als ein Bindeglied zwischen Edgar und seiner großen Liebe, der Angermeierin, die man würde- und erbarmungslos aus dem Geschlecht der Vonundzus ausgestoßen hatte.

Was zwischen dem Lauter und der Angermeierin lief, blieb ihm vorerst verborgen, wobei sowieso keiner der beiden so genau wusste: war der eine noch in den anderen verliebt – und der andere noch in den einen?

Über all dies in Unkenntnis, entstand in Vonundzus Kopf nach und nach eine wahnsinnige Idee: Cousine Angermeier und er waren zwar verwandt – doch weit genug voneinander entfernt; eine Ehe erschien also keineswegs undenkbar. Ihrer beider Verbindung wäre sozusagen der späte Friedensschluss seiner Familie, die Versöhnung seines Hauses mit sich selbst. Eine tiefe Wunde würde heilen. Johannes, ein verlorengegangener Abkömmling, würde heimkehren in sein Geschlecht, und die Angermeierin wäre endgültig rehabilitiert.

Aber die Agath', was war dann mit ihr? Sie würde gleichsam, so legte er es sich zurecht, weil er sie in seinen Wunschträumen ja ebenfalls irgendwie und irgendwo unterbringen musste – sie würde gleichsam emporgehoben in einen imaginären Adelsstand, sie hatte es sich um ihren Sohn Johannes hundertemal verdient.

So machte sich der Vonundzu, mit einem kleinen, aber kostbaren Blumenstrauß ausgestattet, auf den Weg zum vorläufig letzten Unterrichts-Treffen, verabredet mit allen, die sich um den Johannes bemüht hatten. Dort, im Agath'-Haus, und nur dort, und im Beisein aller, meinte er, wolle und dürfe er der Frau Angermeier einen Antrag machen. Sie war ihm stets aus dem Weg gegangen, wenn auch möglichst unauffällig. Er glaubte jedoch, das sei eher seiner Familie als ihm persönlich geschuldet

Es ließ sich dann letztlich nicht so gut an.

Die Vier begrüßten sich, umarmten den Johannes und ließen sich zu mitgebrachtem Kaffee und Kuchen nieder. Es war ja ein Abschluss-Fest – und sollte zugleich der Beginn von etwas Neuem werden.

Nach einiger Zeit erhob sich der Vonundzu, pochte mit dem Löffelchen an seine Kaffeetasse und bat ums Wort. Johannes, man sah es, duckte sich – wovor fürchtete er sich? Der Lauter, der Leiser und die Frau Angermeier lachten verlegen, überrascht von dieser ungewohnten Zeremonie, bis ihnen die strenge Miene des Vonundzu verhieß, dies sei unangebracht, ungehörig. Sie hielten sich also zurück. Keiner sprach mehr ein Wort.

Feierlich wandte sich der Vonundzu an die Frau Angermeier, hielt ihr sein Sträußchen entgegen:

"Verehrte Cousine, hiermit bitte ich Sie um Ihre Hand! Wollen Sie meine Frau werden?"

Die Runde erstarrte.

Die Angermeierin senkte den Kopf ganz tief, schwieg in sich hinein.

Der Vonundzu sagte, verunsichert:

"Wollen Sie mir nicht antworten? Ich bitte Sie darum – verehrte Cousine?"

Aber die Angermeierin schwieg weiter. Die Stille war fast unerträglich.

Der Vonundzu sagte noch einmal, beschwörend: "Bitte!"

Die Angermeierin erhob sich nun ebenfalls:

"Ich bin schon vergeben." Sie machte eine kleine Pause. "Er weiß es nur nicht."

Der Leiser fing wie verrückt an zu klatschen. Vernichtet sank der Vonundzu auf seinen Stuhl.

"Hör' auf, Leiser, hör' auf!" schrie er erbittert.

Auf einmal ertönte die Mundharmonika. Zunächst nur mit einzelnen, langgezogenen Tönen. Dann sagte der Johannes, laut und deutlich:

"Für die Mama!"

Leise, getragen spielte er einen Bachchoral, den er von der Beerdigung her kannte. Er spielte den ersten Vers, den zweiten, den dritten, als wolle er nie mehr aufhören. Eine winzige Atempause – und dann legte er los. Ähnlich wie damals für seine Freunde in der Disko, stürmte er – diesmal war es Klassik – durch ein wildes Gemisch, ein unglaubliches, verrücktes, zusammengerafftes Repertoire, sinnverwirrend, überwältigend, schrill – und dann wieder betörend melodiös.

Mit einem letzten Akkord endete es. Alle, selbst er, der Johannes, waren betäubt durch dies chaotisch über sie weggestürmte Ungewitter, dies Stück Musik, in dem sich des Johannes virtuose Kunst- und bravouröse Mund-Fertigkeit ausgetobt hatte. Es war kein Konzert gewesen, es war eine Gewalttat!

Der Johannes legte sein Instrument weg. Schaute sich um, suchend. Schrie entsetzt: "Lili!" Rannte los. Wo war Lili?

Alle rannten sie, panisch. Es war längst dunkel geworden. Was machte Lili draußen bei Nacht? Würde der kleine, noch gar nicht ausgewachsene Dackel nachhause finden? Sie liefen stundenlang durchs Dorf, klingelten, klopften an Türen, fragten Vorübergehende, spät Nachhausekommende. Niemand hatte den kleinen Dackel gesehen, nirgendwo hatte er sich blicken lassen, um sein gewohntes Wurststück zu erbetteln. Er war weg, verschwunden. Vielleicht hatte ihn auch ein Fremder einfach im Vorbeigehen mitgenommen, gestohlen? Er war ja auch eine niedliche kleine Kreatur ... Für den Johannes war er mehr, viel mehr: die Erlösung aus seiner Einsamkeit, in die er, das wussten alle, wieder von neuem versinken würde. Noch unterwegs verabredeten sie, einer müsse bei Johannes bleiben – mindestens über Nacht oder vielleicht auch die nächsten Tage. Sie nahmen ihn in die Mitte, jeder bot sich ihm an. Johannes schüttelte nur den Kopf, er wolle allein sein, trauern. Keiner ahnte, was sie erwartete. Vor der Haustür hockte die Lili!

"Du kleines Biest!" sagte der Vonundzu, "hast uns alle hereingelegt. Warte, das nächste Mal gibt's Prügel!"

So konnten ihn also nun alle Vier beruhigt verlassen. In Vonundzu's Auto fuhren sie – es war nun sehr spät geworden – zurück in die Stadt. Er vorne mit dem Leiser, auf den hinteren Sitzen die Angermeierin und der Lauter, stumm. Ihre Hände ineinander verschlungen. Endlich hatte der Lauter verstanden: wenn diese geliebte Frau – diese Angermeierin, diese Luisa – irgendjemandem auf dieser Welt gehörte, dann IHM! Vor Luisas Wohnung ließ der Vonundzu alle drei Bundesgenossen aussteigen, wendete und fuhr davon. Er wollte nicht auch noch mit ansehen, wie der Lauter gemeinsam mit *seiner* nicht so ganz richtigen "Cousine" im Haus verschwand. Der Leiser hingegen sagte, beim letzten Blick auf die beiden, nur selig:

"Sie haben's geschafft, endlich!"

Der Leiser war von ihnen allen der bei weitem Menschenerfahrenste und – obwohl er nur einmal und auch das nicht durchweg vom ersten bis zum letzten Tag, glücklich verheiratet gewesen war – er war derjenige, der am meisten von Frauen verstand, oder zu verstehen glaubte.

Oben bettete der Lauter die Luisa auf ihre Schlafstätte: "Weißt du noch, was du gesagt hast damals. Lass uns einmal darüber schlafen – und morgen reden wir über alles."

"Schlafen? Morgen? Wie meinst du das? Morgen ist es zu spät. Morgen ist immer zu spät! Komm!"

Und als er bei ihr lag:

"Mein lieber Homo, der Mensch ist wandelbar, auch du bist es – das schenkt ihm die Natur! Lass uns glücklich sein miteinander, lass uns endlich glücklich sein – du, ein Witwer, ich, eine Witwe! Komm! Ich will ein Kind. Noch bin ich fruchtbar. Ein Kind, das schreit, Hunger hat, weint, lacht, laufen lernt, zur Schule geht, Freunde mitbringt, mich ärgert, erfreut, mal krank ist, mal gesund. Ganz egal, ob Mädchen oder Junge – ich will ein Kind!"

Den Leiser peinigte in den folgenden Wochen das Gefühl, dem Vonundzu gehöre ein Trostpflaster auf die Wunde gelegt; seine Abfuhr durch die Anger-meierin musste überaus schmerzlich für ihn gewesen sein. Also bot er ihm, – als Freundschaftsdienst – für ein beliebiges Wochenende eine gemeinsame Fahrradtour an. "Das besänftigt!" dachte er. Und der Vonundzu freute sich spürbar über diese Anwandlung von Humanität und sagte tatsächlich zu.

Der Leiser hatte sich inzwischen – im Kreis dieser paar Menschen, die so total verschieden und trotzdem voneinander so merkwürdig abhängig waren – zu einem echten Menschenfreund entwickelt. Das ergab sich ganz einfach daraus: er war der einzige, der keine Probleme mit sich herumtrug, der einzige, der friedlich bei Tag vor sich hinleben und jede Nacht angenehme Träume träumen konnte: der einzige, den keine früheren Gespenster heimsuchten, die ihm das Heute und Morgen vermiesten.

Manchmal kam dem Leiser, betreffs seiner so oft von ihrem Schicksal ge-plagten Genossen der Verdacht: "Sie können gar nicht existieren, ohne dass irgendwas bei ihnen schiefgeht." Sie brauchten es einfach: dies Komplizierte, Verdrehte, – und wenn es sich nicht von selbst einstellte, dann vermasselten sie sich's mit eigener Hand! Diese Einsicht half ihm auch, dasjenige zu akzeptieren, was ihm an ihnen nie und nimmer verständlich sein würde: zum Beispiel die Liebe der Angermeierin zum Lauter, der doch nach wie vor ein Homo war und ein Homo blieb. Oder etwa nicht?

Das fragte sich auch der Lauter inzwischen selbst.

In den folgenden Wochen ließ ihn Luisa im Ungewissen: hatte sein mehrfach erbrachter Beitrag zur erwünschten Schwangerschaft inzwischen Erfolg?

Nun, sagte er sich, man würde sehen. Es würde sich auf die Dauer ja nicht verbergen lassen. Aber im Grunde irritierte ihn seine Situation als eventuell werdender Vater.

"Wo bin ich gelandet, Edgar? Einst wurde ich dein Nachfolger als Liebhaber und jetzt helfe ich auch noch an deiner Stelle bei der Begattung aus. Mir scheint, das hat deine Luisa so vorgesehen, hat mir von vornherein diese Aufgabe zugedacht. Gefällt mir das denn? Habe ich mir nicht etwas ganz anderes gewünscht?"

Das Knie ... Es würde ewig schmerzen.

"Da hat sich das Schicksal gesagt, eine unglückliche Liebe, das kennt er noch nicht, das muss ich ihm noch antun, eh' er ins Gras beißt."

Als ihm der Leiser andeutete, er wolle mit dem Vonundzu als Trostpflaster eine Fahrradtour unternehmen, bat der Lauter in seiner Einfalt darum, ebenfalls teilnehmen zu dürfen.

Sie verabredeten eine Zweitagestour mit Übernachtung in irgendeinem Wirtshaus oder Hotel, das unterwegs grade am Weg lag. Es wurde ein herrlicher Tag. Mit einem Fußballzwischenspiel zu Dritt und allerlei wundervoll männlichem Blödsinn. Abends fanden sie für die Nachtruhe nur eine bescheidene Bleibe: ein Einzel- und ein Doppelzimmer, welch letzteres der Leiser dem Vonundzu mit dem Lauter zuteilte. So wanderte der Lauter quasi vom einen Doppelbett zum andern – oder, frei heraus, von der Angermeierin zum Vonundzu. Hier, in der Stille der Nacht quälte ihn doppelt die Frage, die ihm schon lange keine Ruhe mehr ließ: begehre ich ihn? Oder begehre ich sie? Bin ich ein Homo – oder bin ich keiner? Beides zugleich geht nicht, geht nicht, geht nicht! Und geht anscheinend doch.

"Ich hasse mich!"

Es wurde eine unruhige Nacht. Keiner von beiden fand Schlaf. Jeder wälzte sich von rechts nach links, vom Bauch auf den Rücken. Und keiner wollte den anderen stören, jeder vollzog seine Umdrehungen langsam, lautlos, so unwahrnehmbar wie möglich.

Dann fasste der Vonundzu sich ein Herz:

"Es hilft nichts – wir können einfach nicht einschlafen, Lauter. Warum können wir nicht?"

"Ich weiß es nicht – ich will es auch gar nicht wissen. Es würde sowieso nichts helfen, wüsste ich's."

"Lauter, Sie gingen damals, als ich halb tot im Fels lag, so liebevoll mit mir um. Wir haben seither ein paar wunderbare Ausflüge zusammen gemacht. Was hat sich zwischen uns beiden verändert, dass Sie mich plötzlich nicht mehr leiden können? Wissen Sie, Lauter, ich kann mich ja selber nicht leiden.

Aber im Gegensatz zu Ihnen gebe ich zu: *ich* weiß, warum ich mich nicht leiden und auch nicht einschlafen kann. Sie können sich den Grund natürlich ebenfalls denken, aber Sie wollen ihn partout nicht wahrhaben, streiten ihn ab. Nun gut, halten Sie es damit, wie Sie wollen. Weichen Sie Ihrem Problem ruhig aus, es hat Sie ja längst eingeholt und wird keine Ruhe geben. Im Gegenteil, es wird Sie immer mehr, immer mehr sekkieren! Vor allem dann, vor allem dann WENN – ja, wenn zum Beispiel ein Mann, ein nackter Mann, neben Ihnen liegt – wie im Augenblick ich. Ich, der verhasste Vonundzu!

Und, umgekehrt: Sie, aus dem gleichen Grund, mein Lieber, mag ich ebenfalls nicht! Da Sie nun eh' nicht schlafen können, werde ich's Ihnen im Detail erzählen. Ihnen, der Sie mich auf einmal nicht mehr ausstehen können, wird das vermutlich ganz gut gefallen. Hören Sie mir überhaupt zu?"

"Ich höre Ihnen zu – aber ich weiß nicht, wie lange noch. Dann hole ich mein Schweizer Taschenmesser und steche Sie ab. Bis dahin – reden Sie! Reden Sie ruhig drauflos!" Der Lauter wusste in seiner Verzweiflung nicht, wie er den Vonundzu mehr und immer noch mehr beleidigen konnte.

"Na ja, Sie Meuchelmörder, Sie eingebildeter – damit würden Sie mir sogar einen Gefallen tun. Denn Sie müssen wissen: Ich bin lebensmüde!"

"Ein arroganter Pinkel wie Sie – lebensmüde?"

"Genau. Einer wie ich. Und warum? Weil ich selbst nicht mehr weiß, wer ich bin!

Gewiss – ich bin Anwalt, erfolgreich, besitze Kanzlei und Vermögen. Aber das ist auch alles. Es reicht mir nicht. Denn – wer oder was bin ich sonst? Man hat ja nicht nur seinen Beruf. Man hat auch Familie. Bin ich Ehemann, Vater, Geliebter, Freund? Nichts von alledem bin ich. Und – Lauter – bin ich überhaupt ein Mann?

Ich habe alles, zum Geld auch noch Kultur, einen Namen. Nur eines habe ich nicht: ein Geschlecht, *eines*. Mir scheint, ich habe *zwei*! Seit ich Sie kenne, Lauter – den Leiser, die Angermeierin und Sie – ahne ich das. Zuerst begehrte ich leidenschaftlich meine Cousine, dann Sie, Lauter – und zuletzt sollte es dann doch wieder diese wunderbare Luisa sein, die *Sie* dann gekriegt haben.

Heute nacht aber, wen würde ich – was glauben Sie, Lauter? – am liebsten umarmen?

Halt! Nein! Ich bin mit meinem Geständnis noch nicht am Ende.

Morgen, Lauter, bring' ich mich um ... Denn so etwas, dass ich ein verdammter Homo bin, das geht gar nicht. Nicht für einen Menschen in meinem Beruf, der tagaus, tagein mit nichts andrem als mit Recht und Gesetz und den guten Sitten zu tun hat – und so etwas, Lauter, das weißt auch du, das geht eben einfach *nicht!"*

Ja, sie hatten beide das gleiche Problem. Der Lauter gab auf.

Anderntags machte er dem Leiser eine verschämte Andeutung. Er glaubte, es seinem treuen Freund schuldig zu sein, der ihm durch ihre gemeinsamen Abenteuer so sehr ans Herz gewachsen, jedoch für seine Lenden nie zur Gefahr geworden war und es auch niemals werden würde.

"Und ich Trottel gebe euch beiden auch noch das Zwei-Bett-Zimmer!"

Aber der Leiser hatte dazugelernt. Sein anfangs so gutbürgerlich strenges Herz hatte sich angereichert mit Milde und Menschlichkeit.

"Sei's drum!"

Sie gönnten sich nochmals einen verrückten Tag. Am Ende, als sie wieder zuhause ankamen und sich voneinander verabschiedeten, sagte der Leiser:

"Mit Männern macht's einfach mehr Spaß. Auf die Weiber, da muss man ewig Rücksicht nehmen."

Und dann, bedeutungsvoll:

"Also, ihr beiden, gehabt euch wohl. Ihr seid mir zwei so verirrte Seelen! Aber ich pfusche euch nicht dazwischen, Hauptsache, ihr lasst mich aus dem Spiel. Ich tauge nämlich nicht zu so was. Aber für euch bin ich ein gutes Alibi, meine Lieben ... "

So also wuchs der Leiser über sich hinaus.

Als der Lauter zuhause ankam, begrüßte ihn Luisa mit seligem Lächeln:

"Es ist so weit! Und, Lauter, wenn du magst, stricken wir weiterhin miteinander?"

Der Lauter verstand. Er war frei! Er dachte an die vergangene Nacht. Wie seltsam sich eines ins andere fügte.

Die Angermeierin wartete, bis es ringsum offenkundig war und die ganze Straße munkelte: "Sie ist schwanger! Man sieht es!" die einen fanden es – ohne

Ehemann! – skandalös, andere sagten "Wunderbar! eine tolle Frau! Und sie ist ja auch gar nicht mehr jung!"

Sie startete mit dem Auto nach Niederbayern zu ihrem Sohn, der noch immer nicht und wohl auch niemals ihr Sohn sein durfte. Er freute sich, ja, er umarmte sie bei der Ankunft. Dann schob er sie von sich weg und schaute sie an.

"Hast du es schon bemerkt, Johannes?" Er nickte, lächelte sie an.

"Du bekommst ein Brüderchen oder Schwesterchen, ich weiß es selber noch nicht. Eigentlich will ich's im voraus garnicht wissen. Und du?" Er schüttelte ebenfalls verneinend den Kopf.

"Du weißt also, wo es herkommt?" Er deutete auf ihren Bauch.

"Streichle es, bitte, streichle es!"

Er wagte es nicht, aber sie nahm einfach seine Hand und führte sie über ihren Bauch, der vorerst nur leicht vorstand.

"Ich werde alle paar Wochen herkommen – und du wirst dein Geschwisterchen streicheln – ja? Wirst du das?"

So war von vornherein alles gesagt. Eine couragierte Person war sie ja schon, die Angermeierin.

So hielt sie es weiter, den ganzen Rest der neun Monate, bis nahe dem Termin der Niederkunft, als ihr der Arzt bedeutete:

"Unternehmen Sie jetzt bitte keine größeren Ausflüge mehr! Es kann jeden Tag losgehen nach meiner Berechnung."

Aber die Angermeierin wollte, abergläubisch, unbedingt, das Geschwisterchen solle noch einmal vom Johannes gestreichelt werden, eh' es zur Welt kam – und so fuhr sie eben doch noch nach Niederbayern zu ihm. Zuhause traf sie den Johannes nicht an und fuhr also, ihn suchend, langsam durchs Dorf, erblickte ihn dann von fern, hupte, gab Gas – ihm entgegen. Dass sich der Dackel jetzt – oh, diese Lili! – mitsamt der Leine losriss, dem Auto entgegenflitzte, dem fahrenden Auto – das konnte der Johannes nicht mehr verhindern. Die Angermeierin bremste natürlich, hielt an. Da lag die Lili mitten auf der Straße im Blut, nicht mehr zu retten, tot. Johannes warf sich daneben zu Boden, weinte, schrie hemmungslos. Die Angermeierin stieg aus, presste die Hände auf ihren Bauch, rief verzweifelt:

"Um Gottes willen! Hilfe!"

Die Frauen, die jetzt von allen Seiten herbeirannten – denn am hellen Vormittag waren die Kinder in Kindergarten und Schule, die Männer irgendwo bei

108

der Arbeit oder auf dem Feld – kümmerten sich nicht um den toten Dackel, den schluchzenden Johannes. Sie wussten instinktiv, was jetzt mit dieser um Hilfe flehenden, dieser in Kindsnöten befindlichen Frau zu tun war. Sie brachten die stöhnende Angermeierin ins Agath'-Haus. Und diese braven Landfrauen – Bäuerinnen, die sie allesamt waren – besaßen durchaus noch das Wissen, welches in dieser Situation nottat – nicht nur der Notarzt-Anruf. Sie betteten die Angermeierin so gut sie konnten, leisteten ihr den Beistand, den sie bei ihren eigenen Entbindungen erfahren hatten und dessen sie sich erinnerten. So brachte die Angermeierin unter dem Zutun der halben weiblichen Dorfbevölkerung ihr Kind zur Welt, Minuten, ehe der Notarzt eintraf. Dann ging natürlich alles professionell weiter. Im Krankenhaus der nächstgelegenen größeren Stadt wurden die Mutter und das Neugeborene versorgt. Es war ein Mädchen.

Nach wenigen Tagen verließen Mutter und Kind die Klinik und kamen per Taxi bei Johannes an.

"Erlaubst du uns, ein paar Tage hier bei dir zu bleiben, Johannes?"

Er nickte nicht ja, verneinte nicht kopfschüttelnd, zuckte nur mit den Schultern, was wohl so viel hieß wie: von mir aus, aber ungern. Ansonsten hatte er sich verändert, war vollkommen unzugänglich, kümmerte sich um nichts und niemand – und schon gar nicht um seine kleine Schwester. An allen weiteren Tagen gönnte er ihr keinen einzigen Blick. Er hielt sie für schuldig an Lilis Tod. Er hasste sie. Hätte man ihm ins Herz schauen können, hätte man nichts als diesen Hass entdeckt – und seinen einzigen Wunsch: sie möge verschwinden, verschwinden, weg sein, fort mit ihr aus dieser Welt!

Die Burschen im Dorf kümmerten sich um die tote Lili, jeder hatte sie ja gekannt, mit ihr geschmust. Sie gruben ihr draußen in einem Waldstück, das einem Landwirt gehörte, ein Grab, besorgten ihr auch einen kleinen, namenlosen Grabstein, den sie eines Nachts aus dem Vorrat ausgedienter Grabsteine im Dorffriedhof geklaut hatten. Ihm ritzten sie in größter, stundenlanger Mühe LILI ein. Dann holten sie den Johannes, den sie seit Jahren – nicht um ihn zu verspotten, nein, sondern weil er für sie schon immer ein Besonderer war – ganz offen den heiligen Johannes nannten – feierlich ab und baten, er solle der Lili ein Abschiedslied spielen. Es war Freitagabend, sie hätten ihn gern wieder einmal mitgenommen zu ihrem morgigen Wochenend-Ausflug in die Disko. Aber er schüttelte nur jedem die Hand, er fühlte dankbar, sie wollten ihn trösten.

Am darauffolgenden Sonntagnachmittag entdeckte die Frau Angermeier: das Baby war nicht mehr da! Es hatte in seiner Trage geschlummert, ein Kinderbettchen gab es nur zuhaus in der Stadt. Auch die Mama hatte ein kurzes Nachmittagsschläfchen gemacht. Nachdem sie das ganze Haus, vom Keller bis unters Dach durchsucht hatte, rannte sie zu ihren nächsten Nachbarn:

"Mein Baby in seiner Trage ist weg!"

In kürzester Zeit war das gesamte Dorf in Aufruhr, war die Polizei benachrichtigt und später sogar ein Hubschrauber in der Luft. Kein Baby – und auch kein Erpresser-Brief!

Der Leiser, der Lauter, der Vonundzu eilten herbei. Keiner wusste Rat. Man suchte, suchte – wartete, wartete. Wenn doch von irgendwoher ein Zeichen käme! Eine Geldforderung, dass man erführe, das Kind lebte noch! Die Frau Angermeier wurde vom Notarzt medikamentös ruhig gestellt. Niemand sonst kam an diesem Abend, dieser Nacht zur Ruhe.

Der Leiser nahm sich den Johannes vor:

"Und du, wo warst du, als das Baby verschwand?"

Man konnte die Zeitspanne auf die Minute genau eingrenzen – vom Augenblick, wo sich die Mutter zum Schlafen niedergelegt hatte, bis sie wieder aufwachte – keinen Augenblick von ihrem Baby getrennt. Sie hatte es zwar, schlafend, aus den Augen gelassen, war aber die ganze Zeit mit ihm im Wohnzimmer zusammengeblieben. Noch erschöpft von der Geburt, musste sie wohl für die fehlende halbe Stunde so tief in einen kurzen Schlaf gesunken sein, dass sie das Kommen und Gehen des Entführers nicht bemerkte.

"Und wo warst du, Johannes?"

"Im Wald spazieren gegangen." Er hatte zum ersten Mal gesprochen! Vollkommen normal! Der Leiser traute seinen Ohren nicht. Was hatte das zu bedeuten? Aber dann ließ er's dabei bewenden.

Es wurde dunkel. Man beschloss, die Suche bis zum Morgengrauen einzustellen. Doch keiner ging zur Ruhe. Der Lauter, der Leiser, der Vonundzu berieten endlos weiter, wenn auch nichts dabei herauskam. Die Mitternacht nahte, man wollte sich nun doch irgendwo im Haus eine Bleibe suchen für ein paar Stunden Schlaf. Sie hatten sich gerade getrennt, da brach mitten im Dorf ein Höllenlärm los,

Ein ganzes Rudel junger Burschen war eben per Motorrad vom allwöchentlichen Wochenendausflug heimgekehrt, um sich am Rande des Dorfteichs, wie üblich, friedlich und todmüde voneinander zu verabschieden. Plötzlich schrie einer:

"Da! Der Johannes! Hilfe! Der Johannes ertrinkt!"

Jeder im Dorf wusste: der Johannes konnte nicht schwimmen!

Und jeder wusste auch: der Dorfteich war kein flacher Tümpel. Dieser sogenannte Dorfteich war ein tiefes, bis dato noch niemals ergründetes, für Nichtschwimmer hochgefährliches, ja, todbringendes, extrem steiles Wasserloch – mit einem oberirdisch abfließenden Bach und dem unterirdischem Zufluss einer Quelle. Schon nach einem Meter verlor man den Boden unter den Füßen, wer nicht schwimmen konnte, war unrettbar verloren.

Zusehends verschwand Johannes, ging unter. Alle standen zuerst wie erstarrt vor diesem Schauspiel, das in Sekunden vorbei sein würde – dann stürzte sich der erste ins Wasser und nach ihm der ganze Pulk, einer nach dem andern, mit wildem Geschrei. Es hallte durchs ganze Dorf, und natürlich hörte es auch das Dreigestirn. In Panik stürzten sie nacheinander aus dem Haus, dem furchtbaren Lärm nach.

Sie kamen gerade an, als drei, vier junge Leute den Johannes aus dem Wasser zogen. Er hatte bereits die Besinnung verloren. Doch die meisten der Burschen waren Mitglieder der Freiwilligen Feuerwehr, die hatten ihre vorschriftsmäßigen Lebensrettungslehrgänge absolviert und wussten, was jetzt getan werden musste.

In rasender Wut stürzte sich der Leiser auf den gerade aufs Trockene abgelegten Wehrlosen.

"Wo ist das Baby?" Die Burschen wollten ihn wegziehen, aber er klammerte sich an ihn, riss ihn hoch, rüttelte, schüttelte ihn erbarmungslos, als könne er den Fundort des Babys aus dem Bewusstlosen herausschütteln.

"Lassen Sie ihn los! Er stirbt!"

"Aber vorher will ich wissen, wo er das Baby versteckt hat. Dann kann er von mir aus krepieren!""

Die jungen Männer brachten endlich mit Gewalt den Johannes vor dem Leiser in Sicherheit und versuchten, ihn zurückzuholen ins Leben. Der Lauter nahm sich des Leiser an:

"So erreichst du gar nichts, Leiser! Lass den Johannes doch erst einmal zu sich kommen. Glaubst du wirklich, er hat das Baby entführt?"

"Ich glaub's nicht – ich weiß es! Warum hab' ich's nur nicht früher begriffen!"

Inzwischen tauchte auch die Angermeierin auf, von ihrem Schlafmittel noch benommen, mehr noch vom hier herrschenden Chaos verwirrt.

Sie erblickte den Johannes am Boden, ging neben ihm auf die Knie. Auch sie hatte, fast im selben Augenblick wie der Leiser, begriffen: Er – kein anderer als der Johannes – musste das Baby entführt haben! Johannes öffnete die Augen, richtete sich auf, sank wieder zurück. Seine Retter traten zurück, umringten Johannes und seine verzweifelte Mutter:

"Johannes, sag mir, wo ist mein Baby! Bitte, Johannes! Ich flehe dich an! Du bist doch mein Sohn! "

Er flüsterte, ohne die Augen zu öffnen : "Lili ..."

Jetzt brach ein Sturm los: "LILI!"

Nicht alle, nur die Eingeweihten wussten jetzt, wo das Baby versteckt war: im Wald, an der verborgenen Stelle, wo sie die Lili begraben hatten. Die einen rannten einfach los, andere schwangen sich auf ihr Motorrad – ein Prozession von Neugierigen folgte ihnen im Sturmschritt: eine Sensation! Das Baby – gefunden? gerettet?

Wieder wurde ein Notarzt herbeitelephoniert. Wieder landete ein Hubschrauber auf der großen, behelfsmäßig ausgeleuchteten Dorfwiese Er brachte den unansprechbaren Johannes endgültig in Sicherheit vor dem hasserfüllten Leiser, der noch immer von den Jugendlichen zurückgehalten werden musste.

So hatte also dieser sanfte Johannes, den seine Freunde den heiligen Johannes nannten, das Böse in ihre kleine Dorfwelt gebracht: Neid, Hass, Zwietracht – denn da waren die, die seine Handlungsweise verstehen konnten, und die, die ihn vollkommen verständnislos aus ihrem Herzen verstießen. Das Dorf war gespalten, umkreiste in Zank und Streit den Hilflosen, der sich auf so brutale Weise seiner geschwisterlichen Konkurrenz zu entledigen versucht hatte. Wer hätte dem stillen Johannes das zugetraut? Er war, obgleich momentan noch in der Obhut einer Klinik, schon so gut wie verhaftet und würde, da volljährig und in jeglicher Hinsicht zurechnungsfähig – einer Anklage wegen versuchten Mordes nicht entgehen – genau darauf lief seine Tat oder Untat ja hinaus. Denn vermutlich hätte das erst einige Tage alte Baby die Nacht nicht überlebt – ohne Wärme, ohne Nahrung, ohne die absolut unentbehrliche Fürsorge und Zuwendung. Und angesichts der vielerlei Gefahren: manchmal streifte ein einsamer Wolf durch die Gegend. Das Kind war im allerletzten Moment gerettet worden. Was würde nun mit Johannes geschehen?

Natürlich bat man den Vonundzu um juristischen Beistand. Er sagte: Vermutlich gibt es zwei Möglichkeiten – Gefängnis oder Psychiatrie. Sie ist das Schlimmere, da kommt er so schnell nicht mehr raus – er spricht ja nicht, man könnte ihn für geisteskrank halten. Seine Sprechwerkzeuge sind vollkommen intakt – also liegt es an seinem Verstand, wird man sagen.

"Aber er kann ja reden! Ich habe es selber gehört!" rief der Leiser.

Daraufhin einigte man sich: So bald er aus der Klinik entlassen würde, also in Kürze, nähme man ihn in die Mangel und brächte ihn zum Reden! Sie wussten zwar noch nicht, wie? Aber jedes Mittel wäre ihnen recht, sie würden es notfalls mit Gewalt versuchen: er müsste reden, reden, reden – und wenn sie ihn dazu prügeln müssten!

So zog also auch noch der Vorsatz zur Gewalt ins Agath'-Haus ein, wo jetzt drei Menschen die Rückkehr des Johannes erwarteten: die verstörte Angermeierin, der in tausend Ängsten schwebende Lauter und der nach wie vor rachsüchtige Leiser. Auf welche Art und Weise war mit dem Johannes zu verfahren? Ihn züchtigen, mit Worten und Taten? Ihm auf keinen Fall Nachsicht oder gar Verzeihung gewähren! Oder, wenn er den Gehorsam verweigerte, ihn ausstoßen aus der Familie? Weg mit ihm in die Psychiatrie? Von all dem durfte die Angermeierin nichs erfahren, sie würde – trotz allem – ihren Sohn verteidigen.

Als der Johannes wieder daheim war, kam es alsbald zu wüsten Szenen. Der Leiser schrie:

"Red'! Red'! – oder ich bring dich um!"

Und der Johannes verkroch sich wie ein gehetztes Tier in eine Ecke, unters Dach, ins düsterste Kellerloch, wo ihn dann der Leiser aufstöberte und ihn von neuem bedrohte. Er litt – und mit ihm litt seine Mutter. Aber sie kam mit Bitten und Flehen nicht gegen den Leiser und gegen seine Raserei an. Auch dem Lauter gelang es nicht, ihn zu beruhigen. Und der Johannes war durch kein Drohen zum Reden zu bewegen. Wie auch? Er starb ja beinahe vor Angst. Es drehte dem Lauter vor Mitleid das Herz um.

Eines Tages, als der Leiser mit dem Lauter zum Einkaufen im Dorf war, nahm die Angermeierin ihren Sohn an die Hand, der schon seit Tagen völlig verschüchtert, angstvoll, nur noch in einer Ecke am Boden kauerte:

"Steh auf, Johannes, komm mit!" Sie führte ihn an den Tragekorb mit dem Baby und sagte:

"Lass uns ein Wiegenlied singen, Johannes. Dann wird alles wieder gut. Singst du mit mir ein Wiegenlied? Bitte!" Und sie fing einfach an mit dem alten "Schlaf, Kindchen, schlaf – dein Vater hüt' die Schaf' ..." Und als er nicht mitsang, streichelte sie ihn und sagte: "Also noch einmal von vorn. Bitte, Johannes!" Und diesmal stimmte er mit ein. Leise, aber mit einem erstaunlich schönen Tenor. Von diesem Tag an wurde im Haus der Agath' gesungen. Nicht nur Wiegen-, Wander- und Volkslieder, sondern auch Kunstlieder, die die Frau Angermeier bei einem Musikaliengeschäft bestellte, zusammen mit einem Abspielgerät. Sie wurden gehört, nachgesummt, nachgesungen. Der Johannes sang alle Töne wunderbar in sich hinein, wenn auch nur einzelne Partien, stückweise, da einen Anfang, dort ein Stück mittendrin, oder einen Schluss – aber ebenso rein, wie sich die Aufnahme anhörte. Und als der Leiser protestierte, fasste sie ihn ebenfalls bei der Hand und sagte: "Herr Leiser, Sie sind doch gar nicht so böse, wie Sie uns vormachen. Sie haben doch ein ganz weiches Herz. Und das blutet und blutet. Lassen Sie es mich streicheln. Ja, lassen Sie mich Ihr Herz streicheln, damit es endlich aufhört zu bluten!"

Vielleicht waren es die liebevollen Worte, vielleicht war es der zärtliche Ton, vielleicht auch die Geste, mit der sie ihn umarmte – der Leiser gab nach.

"Und jetzt bitten Sie den Johannes, dass er mit Ihnen spricht. Johannes, brich endlich dein Schweigen! Für jetzt und für immer! Ich bitte dich, sprich!"

Zum Prozess-Termin hatte der Vonundzu längst alles vorbereitet für die Verteidigung. Mindestens zwanzig junge Männer aus des Johannes niederbairischer Heimat wohnten der Gerichtsverhandlung bei, verhielten sich jedoch mustergültig, auch wenn ihre Anteilnahme manchmal durch ein leises Grummeln vernehmbar wurde – und veranlassten den Vorsitzenden zu der wohlwollenden Bemerkung : "Ich sehe, Sie können auf Ihre Freunde zählen! Ich bitte trotzdem um Ruhe!"

Der Vonundzu wusste natürlich, seine Verteidigung würde seinem Mandanten blutige Wunden schlagen. Aber es gab keinen anderen Weg. Er konnte seine Verteidigung nur auf eines bauen: auf diesen trostlosen, böswillig verunstalteten Anfang seiner Biographie. Denn von vornherein war sein ganzes, zukünftiges Leben von seiner eigenen Familie mit der verbrecherischen Absicht in falsche Bahnen gelenkt worden, dies unerwünschte Kind, diesen Johannes, zwar nicht gleich physisch, aber wenigstens psychisch so gut wie zu vernichten.

So begann also der Vonundzu seinen Vortrag mit der verbotenen Liebe von Johannes' Eltern, die gnadenlos dem Fallbeil aristokratischen Hochmuts zum Opfer fiel. Ihr gemeinsamer, unehelicher Sohn, angeblich totgeboren und dann unerkannt in die Provinz vertauscht, wuchs dort, zwar pfleglich wohlgeborgen, aber ohne Kenntnis seiner wahren, hochgeborenen – ich betone: hochgeborenen Herkunft auf. Unbewusst reagierte er auf sein Schicksal, indem er das Reden verweigerte. Bis zum heutigen Tag hat man ihn kaum ein Wort sprechen hören. Das trug ihm zu allem hin den Ruf geistiger Behinderung ein – war andererseits vielleicht aber auch sein Schutz, denn seiner fernen, stets wachsamen Familie erschien er dadurch als eine Art Dorfdepp, der keinerlei Aufmerksamkeit auf sich zog und damit für sie mit der Zeit zum immer kleineren, vernachlässigbaren Risiko wurde.

Was in Johannes vorging, wusste niemand. Aber er gewann trotzdem Freunde. Hier im Saal konnte man viele von ihnen sehen. Seine einzige wirkliche Vertrauensperson war jedoch seine Pflegemutter, der er wohl auch ohne Worte, nur für ihre Einfühlung zugänglich, seine Seele geöffnet hat. Sie starb früh an Krebs – ein furchtbarer Schicksalsschlag für Johannes. Jetzt hatte er niemand mehr. Dann kam ihm, sozusagen als Ersatz, seine wirkliche Mutter näher – ohne ihn allerdings darüber aufzuklären. Eine behutsame, eine vielleicht allzu behutsame Annäherung! Zur gleichen Zeit erwartete diese nicht mehr ganz junge Frau als späte Mutter ein Wunschkind, ihr nach Johannes zweites, uneheliches Kind. Zu ihrem Glück, aber nicht zu dem von Johannes. Dieses Schwesterchen nahm ihm ja wieder weg, was er erst seit ganz kurzer Zeit besaß: die ungeteilte Liebe seiner Ersatzmutter, von der er vielleicht ahnte – aber wusste er es auch definitiv? – dass sie seine eigentliche, seine richtige Mutter war.

In einem Anfall wahnsinniger Eifersucht hat der Angeklagte dann das Neugeborene entführt. Welcher Gefahr er dabei das Baby aussetzte, war ihm nicht bewusst, glaubwürdig nicht bewusst! Er war einfach zutiefst verzweifelt: gerade hatte er eine Ersatzmutter gefunden – denn mehr als Ersatz konnte auch sie nicht für ihn sein, dazu war er allzusehr und allzu tief mit der Agath', seiner Seelenmutter, verbunden. Und da fand er sich nun schon wieder zur Seite geschoben – von diesem Neuankömmling, dem alle Liebe zugewandt wurde, die er so sehr begehrte und mit vollem Recht auch beanspruchen konnte. Stattdessen

– er: aussortiert!

"Hohes Gericht, ich bitte für diesen vom Schicksal so unbarmherzig misshandelten jungen Menschen, der seine Tat zutiefst bereut, um ein mildes Urteil."

Der Vonundzu erreichte mehr, als er zu hoffen wagte. Die Strafe: ein halbjähriger Dienst im heimischen Kindergarten. Dort fehlte es hinten und vorn an Betreuern, wie eine fernmündliche Befragung des Bürgermeisters ergeben hatte, als sich das Gericht nach dem Plädoyer kurz zur Beratung zurückzog.

Die zwanzig Burschen klatschten dem Urteil begeistert Beifall – nicht zum Missfallen des Gerichts! Der Gerichtsdiener versuchte, sie hinauszubugsieren. Freiwillig und fröhlich räumten sie den Saal. Der Vonundzu lud alle zum Hendl-Essen in einen Biergarten ein, wo ihnen dann der Johannes mit seiner Mundharmonika noch einmal den Marsch blies – diesmal einen ganz und gar bairischen, den er dann zum Jubel des Publikums nach Herzenslust verpopte und kunstvoll variierte.

Von diesem ganz besonderen Tag an war der Johannes ein normaler Mensch, er redete und unterschied sich in nichts mehr von jeder beliebigen anderen männlichen Person – außer durch seine Musik. Damit ergötzte er ein halbes Jahr lang die Kinder im Kindergarten und staunte, was er mit seiner Musik bewirken konnte. Wenn sie beispielsweise zu streiten anfingen, nahm er seine Harmonika, spielte zuerst einen gewaltigen Tusch, begann dann sacht' im Dreivierteltakt – und, wie er es ihnen mit einer Betreuerin vorgemacht hatte: selbst die Kleinsten umarmten sich, begannen zu tanzen, drehten sich um und um, hüpften und sprangen, wiegten sich selbstvergessen. Friede!

"Das muss ich mir merken! Vielleicht kann ich sonst nichts – aber dazu kann ich die Menschen bringen – ganz sicher auch die Erwachsenen!" Er probierte es dann vorsichtig an den Wochenend-Abenden in ein, zwei Wirtshäusern aus, und schau an! es funktionierte! Die Musik war ein Zaubermittel, Johannes wurde im Nu nicht nur in der Gegend dafür bekannt, er verdiente bald auch ein wenig Geld damit.

Im Agath'-Haus wohnten sie weiterhin zusammen, er, die Angermeierin und das Schwesterchen. Es hatte sich so ergeben: der Johannes sollte die nächsten sechs Monate, während er seine Kindergarten-Strafe abdiente, versorgt, seine Wäsche sollte gewaschen, das Haus in Ordnung gehalten werden. Vielleicht genoss Johannes diesen Komfort, aber Dank bekam seine Mutter von ihm nicht.

Sie lebten nur so nebeneinander her. Kein einziges Mal nannte er sie "Mama".

"Warum nicht, Johannes?"

"Du hast mich doch verschenkt. Also bist du auch nicht mehr meine Mutter." Beklagte er sich nur – oder klagte er sie an? Wessen bezichtigte er sie?

"Du hast das gewusst? Seit wann und von wem?"

"Von der Mama. Weißt du, sagte sie eines Tages, normalerweise bringen Frauen ihre Kinder selber zur Welt. Ich aber habe dich geschenkt bekommen. Von deiner leiblichen Mutter. Weil sie dich mehr liebhatte als sich selbst. Das merk' dir, Johannes! Ja, so hat es mir die Agath' gesagt, kurz bevor sie starb. Ich glaube, sie hätte sonst nicht in Ruhe sterben können. Aber da hat sie natürlich ein wenig übertrieben, nicht wahr? Sie wollte es mir halt nicht so schwer machen, falls du eines Tages daher kämst und wolltest auf einmal meine Mutter spielen – den Agath'-Ersatz. Aber nicht mit mir!"

Die Angermeierin sank in sich zusammen. Beinahe hätte sie ihm – und dann eben doch nicht! – leid getan.

"Von jetzt an werde ich dich Luisa nennen. Ein wunderschöner Name, der passt zu dir. Warum nennen bloß alle dich die Angermeierin? Scheußlich!"

"Den Hauptwachtmeister Angermeier hab' ich heiraten müssen, als ich mit dir schwanger war, damit du nicht unehelich zur Welt kämst. Deinen wirklichen Vater hat die Familie weggebissen. Es hätte übrigens gar keines Ersatz-Vaters bedurft, denn neben mir brachte eine Wöchnerin namens Agath' gerade rechtzeitig ein totes Kind zur Welt. Das, hat man mir gesagt, sei meins, eine Totgeburt! Man hat es mir nur ganz kurz von weitem gezeigt. Dich aber hat man der Agath' ins Bett gelegt. Sie musste dich nehmen, ob sie wollte oder nicht, durfte nicht aufmucken,

An die angebliche Totgeburt habe ich viele Jahre geglaubt. In der gleichen Zeit zog die Agath' dich groß, sie wurde die beste, die allerbeste Mutter für dich. Ich wäre dir keine bessere, vielleicht nicht einmal eine gleich gute gewesen. Als ich endlich die Wahrheit erfuhr, dass du mein Sohn bist – hätte ich dich da von der Agath' losreißen sollen? Wo es auch noch hieß, du seist Autist. Deshalb, aus Liebe, Johannes, habe ich dich an sie verschenkt.

Aber natürlich, jetzt, wo die Agath' tot ist, wie kann ich da erwarten, dass ich nach so langer Zeit, nach fast zwanzig Jahren, für dich eine Mutter bin? Ich gebe mich also zufrieden, Johannes, mit 'Luisa'. Und übrigens, die Anger-meierin macht mir schon lang nichts mehr aus. Für uns hier in Niederbayern auf dem Dorf ist eine Angermeierin genausoviel wert wie eine Vonundzu, die ich ehemals war, aber das ist gottseidank weit weg und lang her."

"Und wie heißt dieses kleine Ding da?"

"Dies kleine Ding da hat mehrere Namen. Willst du sie alle wissen?"

"Na ja, das ist ja in euren feineren Kreisen so üblich. Sag schon!"

"Mit vollem Namen heißt deine Schwester Leonie Agatha Edgarda Angermeier."

"Agatha? Nein, das darfst du nicht. Das verbiete ich dir! Ich hasse dich – und ich hasse dies Wesen da! Und du – du hast ja nicht einmal einen Vater dafür!"

"Richtig! Wir werden nicht heiraten. Er ist ein Homo.Und doch hätte ich keinen Besseren finden können als Vater für dieses späte Kind, das ich mir so sehnsüchtig gewünscht habe. Denn so wird es mir ganz allein gehören, wird mich entschädigen für mein jahrzehntelanges, unendlich trostloses Alleinsein. Wenn ich dich damals hätte behalten dürfen, wärest *du* in diesen Jahrzehnten mein Trost für alles gewesen, was man mir und deinem Vater angetan hat – mein einziger Trost.

Wie du inzwischen weißt, durfte Edgar nicht mein Ehemann sein – und schon gar nicht dein Vater. So ist er Lauters Lebensgefährte geworden. Zwei Homos, das erlaubte seine Familie. Weil Homos sich ja nicht fortpflanzen, das war ihnen wichtig. Dein Vater ist tot, aber er hinterließ mir Lauter als sein Vermächtnis, und wohlüberlegt habe ich ihn zum Vater meines Wunschkinds erwählt. Und so seid ihr beide – du und deine Halbschwester – nicht nur durch mich, eure Mutter, sondern auf ganz besondere Weise auch durch eure Väter miteinander verbunden."

"Du meinst: Wir beide, dieser kleine Homunculus da und ich, wir haben nicht nur die gleiche Mutter, wir haben auch noch denselben Vater? Weil es gar keine verschiedenen Väter gibt – nicht einen für sie, einen für mich. Nein, für dich sind beide verschmolzen zu einem einzigen Mann?"

"Man könnte es so sehen. Ich wünschte es mir … "

"Zwei zeugungsfähige Homos. Beide haben es bei dir geschafft.

Vom Angermeier hast du, die feine Luisa, dich natürlich schleunigst wieder getrennt, ihn ausbezahlt – während die Agath' lebenslang die Ehe mit ihrem mehr oder weniger zufälligen Kindsvater – diesem Scheusal – ertragen hat müssen, denn zum Auszahlen war natürlich kein Geld da."

"Johannes, du hast alle – zuletzt auch noch mich – fast zwei Jahrzehnte in Atem gehalten mit deinem scheinbaren Autismus. Warst aber, wie sich jetzt herausstellt, die ganze Zeit ein ganz normaler Bursche, hast Zeitung und Bücher gelesen, Radio gehört, ferngeschaut – und vor allem auf deiner Mundharmonika wunderbare Musik gemacht Warum, Johannes, warum hast du nicht gesprochen? Warum hast du uns das so lange angetan? Uns betrogen? Hinters Licht geführt?"

"Als ich noch ganz klein war und es noch gar nicht richtig verstand, hat mir die Agath' oft und oft ins Ohr geflüstert: 'Johannes, du bist was Besonderes, ein kleiner Prinz bist du, Johannes. Aber deine Familie wollte dich nicht, wollte dich weghaben, ich weiß nicht, warum. Aber du wirst es ihnen eines Tages zeigen, dass du dir's nicht länger gefallen lässt. Schweig still, mein kleiner Prinz, schweig still. Eines Tages, wenn du groß und erwachsen bist, wirst du sprechen und auf dein Recht pochen. Bis dahin schweig! Schweig! Dann kann keiner dir etwas anhaben!"

Jaja, dies 'Schweig still!' So habe ich halt geschwiegen. Aber es fiel mir nicht schwer. Man kann sich ans Schweigen gewöhnen. Als Strafe für meine gottverdammte Familie, die mich ausgestoßen hat. Zu der gehörst ja auch du – ob du nun eingeweiht warst oder nicht! Für mich bist du mitschuldig an meinem Schicksal, einfach, weil du eine von denen bist. Niemals werde ich zu dir 'Mama' " sagen, niemals."

"Aber ein einziges Mal hast du doch 'Mama' zu mir gesagt! Und jetzt darf ich nicht mehr deine Mama sein. Warum?"

"Weil du mir meine süße, kleine Lili umgebracht hast, totgefahren mit deinem Auto!"

Freilich – sie hatte ihm sein Allerliebstes genommen. Schuldlos. Sie konnte doch nichts dafür, dass der kleine Dackel ihr ins Auto gerannt war! Trotzdem strafte er sie dafür.

Jetzt, wo die Aussprache einmal im Gang war, gab es für den Johannes kein Halten mehr.

"Ich weiß gar nicht, warum du noch hier bist? Unter dem Vorwand, mich zu versorgen? Das kann ich längst selber, ich brauche dich nicht. Du hast dich einfach reingemogelt, aber du gehörst nicht hierher, und ich wollte, du wärst endlich weg. Das ist der Agath' ihr Haus und da hast du kein Wohnrecht.

Hier bestimme ich, seit die Agath' nicht mehr lebt. Und ich sag' dir: ich hätte dich längst hinausgejagt, wenn der Leiser nicht wär' – dein Schutzengel, dein Verehrer, dein Dienstmann. Oder der Lauter, der dir verliebte Augen macht und nicht weiß, ob du ihm noch eine Chance gibst. Und dann zuletzt noch der Vonundzu, der abwartet, ob er auch noch ein bisschen was abkriegt. Ach du armselige Luisa, deine Verehrer beißen für eine Weile bei dir an, machen dir ein Kind und schleichen sich wieder davon. Geschieht dir recht, verehrte Frau Mutter – und jetzt, lebe wohl. Ich hoffe, du hast's endlich kapiert?"

Die Angermeierin flüchtete in ihre Stadtwohnung.

"Wie hab' ich das bloß verdient? Zum zweiten Mal verliere ich meinen Sohn. Aber ich geb' ihn nicht her. Ich geb' ihn nicht her!" Wie sollte das gehen, wo sie doch längst die Erfahrung gemacht hatte, dass das Nichthergebenwollen wenig hilft, wenn das Schicksal es anders beschließt?

Wüssten der Lauter und der Leiser ihr einen Rat? Sie rief sie zu sich.

"Wird der Johannes mich denn niemals annehmen?"

Eine Frage, die ihr keiner beantworten konnte.

Der Leiser, immer bemüht, Frau Angermeiers Herz zu erleichtern, strengte sich gewaltig mit Nachdenken an. Vergeblich. Zuletzt kam ihm doch noch eine Idee, die vielleicht ihren Kummer zu lindern vermochte:

"Es ist die Pubertät, Frau Angermeier! Da steckt der Johannes immer noch mitten drin. Ich hab' in der Zeitung gelesen: es ist vollkommen normal, wenn sie so lang dauert. Manche werden fünfundzwanzig und älter, bis sie endlich wieder raus sind. Und auf wen geht so ein junger Mensch los, wenn's ihn innerlich fast zerreißt? Auf die allernächste Person, auf Sie, seine Mama! Der Johannes ist nur deshalb recht unverschämt zu Ihnen, trampelt nach Herzenslust auf Ihnen rum, weil Sie halt doch nichts andres als seine Mutter für ihn sind. Das ist der Beweis! Indirekt!"

"Jawohl!" rief der Lauter begeistert. "Ex negativo!"

"Eins sag' ich Ihnen" fiel dem Leiser noch ein, " Sie leiden an Ihrem Sohn – Ihr Sohn leidet aber noch viel mehr an sich selbst! Alles, was Sie jetzt von ihm aushalten müssen, wird eingetragen auf ein Seelenkonto."

Und dann, triumphierend:

"Sobald der Johannes seine verdammte Pubertät hinter sich hat, zahlt er Ihnen alles doppelt und dreifach zurück, was er Ihnen schuldig ist für Ihre Liebe! "

"Leiser", sagte der Lauter gerührt. " Du triffst einfach immer den Nagel auf den Kopf! Wie machst du das bloß? Hut ab!"

Und dann wandte er sich sehr ernst an die Angermeierin:

"Pubertät hin oder her, Luisa – dein Sohn ist sehr einsam, sehr verzweifelt, sehr verbittert und weiß nicht mehr aus noch ein. Du bist für ihn die Böse, du hast ihm die Lili weggenommen – die Lili, seinen Agath'-Ersatz – und damit die Agath' selbst. Wie kann man so etwas wiedergutmachen? Die Wunde heilen? Das ist eben doch mehr als das Durcheinander der Pubertät, das ist ein großer echter Seelenschmerz.

Aber vielleicht gibt's ein Darüberhinweg? Ich bitte dich, probier es!"

"Was soll ich tun, Lauter? Ich mache alles!"

"Sein Vater hat dem Johannes eine Mundharmonika geschenkt. Schenk' ihm du eine Gitarre. Eine klassische, eine sehr gute. Lass' sie ihm zusenden, anonym – und warte ab. Denn jetzt heißt es Geduld üben, viel Geduld. Er weiß nicht, wer ihm das Instrument geschickt hat, aber er ahnt es. Er wird ihm nicht widerstehen können – melden bei dir wird er sich nicht. Vielleicht wird er dich jetzt sogar doppelt hassen, weil er denkt, du hältst ihn für bestechlich. Und das ist er ja auch – nämlich durch die Musik. Denn spielen wird er damit, er kann einfach nicht anders! Und irgendwann, je mehr er das Instrument beherrscht, beherrscht das Instrument ihn. Sein Klang wird seinen Hass dahinschmelzen lassen. Er wird wehrlos dagegen sein. Nur: davon merkst du erst einmal nichts. Es mag lange dauern, bis er endlich kapituliert. Aber glaube mir: der Zauber der Musik bringt dir deinen Sohn zurück! Bis dahin bedarf es der Geduld. Großer Geduld.

Luisa, du hast mir in meiner langen Bewusstlosigkeit ein großes Herz mit deiner Geduld bewiesen. Nun zeige auch deinem Sohn Johannes deine Groß-herzigkeit!" Er wartete, schwieg.

Endlich, kam von Luisa ein leises "Danke! Lauter!"

Damit gab sich der Lauter zufrieden.

"Und nun", sagte er, nachdem er ein langes, tiefes Schweigen hatte verstrei-chen lassen, "nun obliegt mir ein Schlusswort."

Damit wendete er sich seinem täglichen Gesprächspartner zu. Ohne dass es ihn im geringsten genierte, sprach er laut und deutlich und hoch hinauf mit Blick zu einem imaginären Himmel:

"Siehst du, Edgar, so endet jetzt die Geschichte mit deinem Sohn – heute mit Streit, übermorgen vielleicht mit Versöhnung. Für mich war dein Johannes lange Zeit eine sehr poetische Person. Aber er ist gar kein Autist, er ist vollkommen normal und gottseidank kerngesund. Deshalb pubertiert er auch heftig und quält seine Mutter, deine Luisa. Aber das geht vorbei. Warten wir's ab." Und jetzt, mit erhobener Stimme:

"Übrigens kann er stricken wie der Teufel, spielt Mundharmonika wie ein Halbgott – und ebenso vielleicht eines Tages auch Gitarre!"

Von Luisa zum Kinderbettchen geführt, vergaßen die beiden Männer alsbald alles andere. Das Baby, wie groß war es geworden im ersten halben Lebensjahr! Der Leiser flüsterte dem Lauter zu: "Ich ahne ja, wer der Vater ist! Ich gratuliere! Ein Prachtkind!" Es lächelte, vielleicht zum allerersten Mal? Ein Kinderlächeln – unwiderstehlich, beseligend, es ging ihnen mitten ins Herz.

"Ich will es aus der Taufe heben!" sagte der Leiser. "Ich will der Taufpate sein!" Und dann machten sich beide zum Narren im Streit um die Taufpatenschaft. Bis ihnen die Kindsmutter erklärte, sie könnten beide Taufpaten sein. Aber Frieden fand sie bei solchem Geplänkel nicht. Doch irgendwann würde sie in den Worten ihrer Freunde Trost finden.

Eine sorgfältig ausgewählte klassische Gitarre wurde besorgt und erreichte anonym ihr Ziel, aber es kam keine Reaktion. Oft und sehnsüchtig sagte Luisa in der folgenden Zeit das einzige Wort GEDULD vor sich hin, so lange, bis sie das zermürbende Warten entschlossen aufgab und sich endlich mit dem Glück begnügte, das ihr von "diesem kleinen Ding da" zuteil wurde. Sie lächelte, er war eifersüchtig, der Johannes!

Beim inzwischen im Ruhestand lebenden Dorfpfarrer, der sich mitten im Ort seinen Alterssitz eingerichtet hatte, holte sie sich in den nächsten Wochen und Monaten Auskunft. Der Johannes treffe sich nun oft mit seinen Freunden, die ihm im Wasserloch das Leben gerettet und bei der Gerichtsverhandlung Beistand geleistet hatten. Es hafte ihm inzwischen auch nicht mehr das Attribut des "heiligen" Johannes an, dazu treibe er es fast zu wild. Was meinte der Herr Pfarrer damit? Ach, er war viel zu lange Dorfgeistlicher gewesen, um gleich die Fassung zu verlieren. Nein, dazu kannte er die jungen Burschen nur allzu gut. Ihn warf so schnell nichts um, und die Frau Angermeier brauchte sich ebenfalls keine Sorgen zu machen. Aber klang nicht doch ein wenig Sorge mit in der Stimme des alten Geistlichen? Es machte ihr Unruhe.

Wie hielt es der Johannes mit seiner Musik? Wusste er von der Gitarre? Offenbar nicht. Sie fragte auch nicht, hielt sich zurück. Oh, heilige Geduld!

Jedes Wochenende spiele er irgendwo auf – gottseidank noch immer in der näheren Umgebung, wohin er von irgendeinem seiner Freunde jeweils per Motorrad und gegen Beteiligung transportiert werde. Er verdiene sogar recht ordentlich damit.

Andererseits, – der Johannes liebäugle mit dem Führerschein und einem eigenen Motorrad … So bald wie möglich. Ein wenig Sorge klang da doch in der Stimme des alten Geistlichen mit. Motorisiert könnte er dann nach Belieben den Umkreis erweitern, wo er Samstags und Sonntags aufspiele.

Was hielte die Frau Angermeier von dieser Idee? Gar nichts? Aber das Motorrad würde auf die Dauer wohl kaum zu verhindern sein … Nur an der Geldfrage könnte es vorläufig noch scheitern. Denn womit sollte der Johannes ein Motorrad bezahlen? Mit den paar Euro, die er an den Wochenenden verdiente?

Der Leiser, wieder einmal der Leiser, alarmiert von der Motorrad-Idee, schleppte den Lauter zur Angermeierin: er habe da eine Idee. Dem Lauter graute:

"Deine Einfälle, Leiser, machen mir Angst! Vorweg – ich bin dagegen!"

"Lauter, du kennst doch meinen Vorschlag noch gar nicht.Und schon bist du wieder am Meckern!"

"Ich ahne doch, es geht ums Motorrad. Und ein Motorrad ist gefährlich. Es rast nicht nur gradeaus, es rast auch in die Kurven, es rast und rast und rast, weil es gar nichts anderes kann als rasen. Man weiß nie, was eines Tages passiert. Hüte dich vor Motorrädern, Leiser!"

"Aber es macht den Buben unabhängig. Wo immer er aufspielen soll, da kann er hinfahren, muss niemand drum bitten. Was ist daran schlecht?"

"Ach, Leiser, was hast du nicht alles in deinem Leben – samt Klavierstimmen und Fahrradflicken – zustande gebracht! Uns vier zum Beispiel hast du zusammengeschmiedet und so bleiben wir unlösbar für immer beinander. Und wenn du uns jetzt ein Motorrad aufschwatzen willst, dann kratzen wir halt unsere paar Groschen zusammen, um dem Buben ein Motorrad zu kaufen. Also leg' los, Leiser, mit deiner Idee!"

Der Leiser wandte sich betont nur an die Frau Angermeier:

"Sie erinnern sich der tollen Gestricke, die der Johannes damals gemacht hat? Mit solchen Kunstwerken hätte er im Nu das Geld für ein Motorrad zusammen.

Allein mit dem, was im Haus unter Glas an den Wänden hängt! Solche Kunstwerke hat man noch nie gesehen, darüber werden die Leute staunen. Aber auch mit seinen verrückten Schals kann er Geld verdienen. Sie müssten ihm halt die Wolle berechnen, damit nicht für Sie ein saftiges Minus rausspringt. Ich übernehme den Vertrieb. Und der Vonundzu regelt das Juristische." Der Leiser dachte wirklich an alles!

"Leiser, irgendwie bist du ein Genie, ich sag's ja. Ich liebe dich, Leiser!"

Die Frau Angermeier war tief gerührt.

"Ich danke Ihnen vielmals, Herr Leiser. Sie sind ein Engel!"

"Und ich? Bin ich nicht auch, schöne Angermeierin, ein Engel für dich?"

"Ja, wie denn? Ich bin ja eine Frau – und einer wie du wird niemals für eine Frau zum Engel. Aber das Leben geht weiter, der Mensch ist stets auf der Suche, ändert sich. Nichts ist endgültig. Und weiß man, wer sich wann, wo und mit wem am Ende zusammentut? Heute, morgen, in einem Jahr – oder nie? Hier, dort, überall – oder nirgends? Im Jenseits vielleicht?"

Sie waren alle drei übermütig, glücklich über die Aussicht, dem Johannes zu einem Motorrad verhelfen zu können, indem jeder von ihnen – und das war das Wichtigste! – hilfreich mit anschob. Der Leiser, der ihn mit seiner Idee befeuerte, die Angermeierin, die ihm das Material für seine Kunstwerke beschaffen würde, und der Lauter, dessen erprobte Verkaufs- und Werbetalente noch einmal bravourös zur Anwendung kämen.

Als sie sich verabschiedeten, auf den letzten Schritten gemeinsamen Wegs, wandte sich der Lauter zum Leiser:

"Weißt du, schon damals, als wir uns das erste Mal trafen und du mir das Leben gerettet und meine Rechnung bezahlt hast, da hab ich gewusst, dass du ein ganz feiner Mensch bist, Leiser. Eine Freundschaft wie deine, die kriegt man nicht zweimal im Leben geschenkt. Auch nicht vom Edgar. Der wartet eh im Himmel nicht mehr auf mich, der wartet nur noch auf die Angermeierin, seine Luisa. Will endlich dort oben allein mit ihr sein für immer ... Ach, Leiser, wenn ich manchmal frech zu dir bin, das musst du nicht ernst nehmen. Das ist nur, weil ich dich halt so gern hab'!"

"Ich hab' ja gedacht, mit dir und der Angermeierin, das wird endlich was Festes? Und ich steh' dann am Schluss ganz allein da."

"Leiser, erst rettest du meinen Corpus vor dem Ersticken – und dann vielleicht auch noch meine unsterbliche Seele? Selbst ich alter Sünder werde weich, wenn's einer so gut mit mir meint wie du. Gehab' dich wohl, Leiser, gehab' dich wohl!"

Für den Leiser und ihn hielt das Schicksal noch eine Pointe bereit.

Es war ein wundervoller, in vielen Farben schillernder Luftballon, den die Vier da emporsteigen ließen. Als er ganz, ganz oben – in der Stratosphäre? – ankam, zerplatzte er.

Einen raschen Beginn hatte der Vonundzu durch ein zinsloses Darlehen geschaffen, das dem Johannes ein Motorrad samt Fahrschule und Führerschein ermöglichte. Der Leiser, der alte Fuchs, nistete sich von Anfang an im Agath'-Haus ein. Er kochte für den Johannes, kaufte ein, machte sauber, wusch Wäsche – versorgte ihn in jeder Hinsicht so gut, dass er ungestört die Woche über seine Strick-Künste ausüben konnte. Und wirklich: es fielen dem Johannes wunderbare geometrische Gebilde ein, Montagen, Gestalten, Figurinen, Vögel, Blumen. Und der Vonundzu ließ seine Verbindungen spielen und scheuchte allerlei zahlungskräftige, kunstversessene Käufer auf.

In den Wochenenden ging es per Motorrad ins Nahe und manchmal auch etwas weiter ins Ferne – bis zum Gardasee etwa. Jedes Mal nahm der Johannes den Leiser auf dem Rücksitz mit – und immer begleitete die beiden eine nicht mehr ganz so große Schar von Freunden. Der eine oder andere hatte sich verliebt, wollte mit seiner Motorrad-Braut lieber allein sein. So verdünnte sich das Rudel, aber nur zu zweit waren die beiden nie.

Vielleicht retteten seine Begleiter dem Johannes das Leben, als er in einer mondfinsteren späten Sonntagnacht auf der Heimfahrt mit seinem Motorrad auf ein unbeleuchtetes Fuhrwerk auffuhr, sich überschlug und im Straßengraben landete, während der Leiser mit dem Kopf auf einen Felsbrocken prallte, den ein phantasievoller Landschaftsgestalter mitten aufs freie Feld neben die Landstraße postiert hatte. Es war von der Unfallstelle nicht mehr sehr weit bis zum Dorf. So schleppten die sechs, acht jungen Männer den noch ansprechbaren Johannes und den schwerverletzten Leiser ins Agath'-Haus und riefen von dort den Notarzt sowie ihren alten Pfarrer. Der benachrichtigte die Angermeierin, die noch in der gleichen Nacht mit dem Lauter und dem Vonundzu herbeieilte. Da war der Johannes bereits in ein Krankenhaus verbracht. Mit dem Leiser hatte der Notarzt nicht mehr viel Arbeit.

Der Pfarrer saß am Bett und hielt ihm die Hand. Er hatte das Seine bereits in aller Stille getan. Als der Lauter eintrat – die beiden anderen blieben zurück – wollte auch er sich diskret entfernen, aber der Lauter sagte:

"Bitte, bleiben Sie! Begleiten Sie meinen Freund bis zur Himmelstür. Er braucht Sie, er braucht Ihren Beistand jetzt mehr als mich."

Dann beugte er sich zum Leiser hinab und sprach ihm behutsam ins Ohr:

"Auf Wiedersehen, adieu! Danke für alles! Ich liebe dich, du hast es nur nicht gemerkt. Jetzt kriegst du im Sterben, was du im Leben mir niemals erlaubt hättest." Er küsste ihn sanft.

"Leo Leiser, lebwohl! Du warst immer ein frommer Mann. Ich dagegen, du weißt es, bin Heide. Hältst du mir trotzdem einen Platz neben dir frei, da oben? Ich wäre so gerne dein Nachbar. Wie damals? Erinnerst du dich?"

Er schloss ihm sachte die Augen.

"Und jetzt, Herr Pfarrer, wollen wir beten."

Erschüttert von Leisers Tod reichte Cousine Luisa dem Vonundzu nun doch ihre Hand.

"Leiser", sagte der Lauter, als er es erfuhr, "das hast du in letzter Minute noch hingekriegt! Aber jetzt lass gut sein mit dem Verbandeln. Mich hast du ja auch alleinlassen müssen."

Er schluckte.

"Was meinst du, sollte ich wieder einmal ins Kino gehen?"